荒木優太
Yuta Araki

有島武郎

―地人論の最果てへ

岩波新書
1849

One value even of the smallest well is, that when you look into it you see that earth is not continent but insular.

——Henry David Thoreau, *Walden, or Life in the Woods*

目次

有島武郎

目　次

序 世界はやがて一つのミリウに

出不精なグローバリスト

もう亡くなった海外の著名な芸術家の作品が日本の美術館にやってきた、という報を小耳に挟めば、うとい私だって、いい機会だし行ってみようかな、と思ったりします。

それで、まずはインターネットに接続して、交通経路を確認するついでにどんなものが展示されているのか調べ、そのまま画像検索に移行し、過去作の様々なイメージの上をクリックを重ねながら高速で滑っていくのです。一連の作業が終わった頃には、ご推察の通り、もうわざわざ遠出なぞせずともすべては周知のこと、そんな思い上がりのなかで、出不精はいよいよこじれていきます。

ヒトもモノもカネも、そして情報も、国境を越えて乱舞していくグローバリゼーションの現象は、今日とどまることを知りません。交通の便は格段に進歩し、商業のネットワークはいわずもがな。にもかかわらず、世界のこの狭さはなんなのでしょう。遠い異国にある未見のものに本来は簡単につながれるはずなのに、そんなチャンスが大群になって襲いかかってきたために、かえって自分の殻《から》を固く閉ざしているかのようです。そうです、狭いのは世界ではなく自分の方です。外に目を向けず、付け焼刃の知識でいっぱしに分かった気になって、自分の領土に入ってきたものばかりにぶつくさいって、通《つう》や古参を気どることと引き換えに倦怠《けんたい》を受け渡された自分自身が狭いのです。

ですが、案ずることはありません。そんな人にもぴったりの言い訳があります。これさえあれば、自分の関心や趣味が狭いだなんて無駄に自己卑下せずにすむ。有島武郎という白樺派の一人としてよく括られる大正期の作家は、「美術鑑賞の方法に就て」という評論文のなかで次のように述べました。

今は既にクラシックになつた過去の芸術にあつては、その芸術の生れ故郷との関係は仮初めのものではない。剣がその鞘を慕ふやうに、それらの芸術はそれを生み出した雨と日光と水と土とを慕つてゐる。然《しか》るに彼等はその生れ故郷から王者の威勢によつて、〔拝金主義の象徴である悪魔・〕マムモンの黄金の光によつて、暴戻《ぼうれい》な兵士の荒くれた手によつて、かどはかされた処女のやうに見も知らぬ異郷に運び去られてそこに懐郷の涙を流してゐる。（有島武郎

「美術鑑賞の方法に就て」、『太陽』、大正九年一月、引用文中の〔 〕は引用者による注記）

ホンモノの受容に比べれば

芸術作品には、それを育み、力を鼓吹する固有の場所性、ホームがある。暖かい所、寒い所、乾いた所、湿った所、標高が高いとこ低いとこ、海が見えるとこ見えないとこ、四季があることとそうでないとこ……様々な場所が各様の力を与えている。が、海外に運び出され、世界中に散在することになった作品は、本来当てにできる「雨と日光と水と土」、つまり場所の風土性によるエンパワメントを失効さす愚行を犯している。かくして有島は、古典の十全な鑑賞にあっては作品はその誕生地に置かれねばならず、「異郷」へと簒奪《さんだつ》された作品群は「生れ故郷」へと返還されねばならぬ、と提言するのです。

この評論文は、本間久雄という学者とのちょっとした論争を引き起こすのですが、それはあとで触れましょう。大事なのは、本当の芸術鑑賞、本当の受容の経験なるものは、交通や運輸といった外在的な運動があいだに入れば途端に破綻してしまう脆《もろ》いものだということです。「生れ故郷」から断たれ、作品と場所の一致がちぐはぐなものになってしまえばもう台無し。

ここからこんなアドバイスが生じます。ホンモノがこっちに来たって、どうせ本当の経験なんてできやしないのさ、なにせホンモノの場所じゃないのだから！

有島の例示を借りれば「伊太利《イタリ》のやうな明るい空気の中で、絢爛《けんらん》な光彩を放つ大きな画図の間に、一枚の野心的でない素直な和蘭《オランダ》画家の描いた日常生活を主題にした画面に接して見るがいゝ。夫《そ》れは可《か》なり注意深い同情ある眼を持つた人にでも無視され易い運命に遇《あ》はねばやまぬだらう」。イタリアの地でオランダの風景画を見たって仕方ない。故に、ニセモノの場所に赴こうがパソコンの画面を眺めていようがどっちにしてもニセモノの経験しかできないのだから、わざわざ外出するには及ばないのだ、と。

こうして出不精の怠惰《たいだ》には、脆さに敏感であるという真っ当な文化的理由を与えることができるのです。

場所がアウラを増減させる

ここで有島は、なにをしているのでしょうか。端的にいえば、ホンモノのホンモノ性を狭く採って、極化させることで、凡百のホンモノなるものの地位を繰り下げています。たしかにコピーではないオリジナルの芸術作品は貴重なものです。が、それを正統な場所で鑑賞しないならば、それは真正のホンモノとは呼べず、中途半端な経験しか得られません。

同じことを難しく言い直してみましょうか。ヴァルター・ベンヤミンというドイツの批評家が「複製技術時代の芸術作品」という名高い文章のなかで、「アウラ」という概念を提示したことがあります。英語読みすればオーラ、他に代えがたい威光のようなものです。ベンヤミンは、同じものを大量に生み出す複製技術によって芸術作品のアウラ、一回性が毀損《きそん》されたのだ、と考えました。ルーブル美術館にあるオリジナルのモナ・リザは当然貴重なものですが、同じ威圧をポスターやTシャツに印刷されたモナ・リザに感じるかといえば、そんなことはありません。こちらは無限にコピーできるからです。

おそらく有島は芸術作品のアウラの源泉を、適切な鑑賞環境との一致に見出しています。本来的な場所にないのならば、ホンモノのホンモノ性であるところのアウラは発生しない。ちぐはぐでは消え失せてしまう。

たとえ同じ品であったとしても、それがどこに置かれるかによって、展示／鑑賞環境によってアウラは増減してしまう、この発想にはなかなかにうならされるものがあります。場所が芸術を芸術たらしめる……のならば、有島がその風土性を理由に鑑賞環境に執着したのも道理といえるのではないでしょうか。置き場所が変わるだけで品の表情が一変してしまうことがよくあります。

極化するホンモノ

ベンヤミンが考えた芸術作品のオーラの凋落《ちょうらく》とは、有島にとって複製技術ではなく交通空間に、かつては動かすなどと考えの及ばぬものが別の世界に旅立ってしまえることを支える技術や制度のなかにあったようにみえます。ヒトやモノがどこにだって行けるとき、どこにだって行けると信憑されるとき、アウラは大きな選別の契機をむかえます。

いずれにせよ、有島のこの発想を使えば、怠慢にはもっともな理由を与えることができるでしょう。おかげさまでニセモノがあふれている、あれもこれも本当のホンモノではない。芸術鑑賞だけではありません。外国の書物に関して、翻訳では絶対に伝わらないニュアンスが原文にはある、と言うとき。音楽の本質に関して、ライブにはデータの音源にはない特別なマジックがある、と言うとき。ホンモノは純化された極として現れ、不純な自称ホンモノたちを粉砕できる便利なハンマーになるでしょう。脆さでもって叩くのです。多かれ少なかれ、多くの人が行っている言語操作です。

有島武郎もまた、極化されたものを愛する人でした。女性記者と心中するという古い意味で文学的な最期もふくめて、極端な人といってもいいです。有島は芸術作品の核に作家の「個性」を認めます。芸術が尊いのは唯一無二の個性の表現物であるからだ。いまでは、ありふれた考え方かもしれませんが、この個性尊重を極まで推し進めようとした結果、有島は個性の反映物である作品単体にとどまらず、その周囲の環境もふくめて個性を捉えることになりました。

混じる場所／動く個性

けれども、個性を託された作品とその誕生地との関係とは、「伊太利のやうな明るい空気」に一致するかどうか、といった単純なことに帰してよいのでしょうか。たとえば、世界中を旅した個性の作品には、どんな「生れ故郷」を読めばいいのでしょう。あるいはまた、私たちがいま立っている地盤に舶来の文化が到来し浸潤することで結果的に場所自体が大きくうねっているとき、いわば世界中の場所が互いに旅するとき、作品たちはどんな「懐郷」の念を抱くのでしょう。動かないときの方がずっと動いてしまうということが、しばしばあるものです。

この疑問は、アメリカ留学とヨーロッパ旅行のなかで自分の考え方を練り上げ、外来のものが入り乱れる大正期日本で創作活動を行っていた有島自身に直接跳ね返ってきます。

実際、有島も場所との一致を時代限定的なものとしか認めませんでした。作品が場所の参照を求めるということは、個性が各地で異なる場所・風土・環境に囚《とら》われているという証拠です。けれども、そのような軛《くびき》は乗り越えていける、過去のものとして葬り去ることができる。続篇評論「美術鑑賞の方法について再び」で有島は、「世界はやがて一つのミリウに包れるに至るでせう」と書きます。「ミリウ」とは milieu、つまり環境を意味するフランス語です。

グローバリゼーションが徹底され、すべてが同じ環境に包摂、画一的に均された全体＝世界が実現したならば、作品と場所との強い結びつきは解かれて、晴れてなににものにも邪魔されない理想的な鑑賞に臨めるのかもしれません。

大正期の稀有なグローバリストだった有島は、極化されたホンモノ観を介することで、一方では私たちの怠惰に真っ当な理由を与えつつも、他方では出不精を戒めているようにみえます。もし一つの「ミリウ」しかないならば、極によって相対的に格下げされたホンモノは、環境の軛を乗り越え、また再びそのホンモノ性を、アウラを取り戻すようにみえるからです。イタリアとオランダの違いを無視できるのならば、むこうの芸術作品をこっちの美術館で見たとしても、なんの問題もありません。

有島は、今日？

有島は、各地で異なる風土の問題、いわば人間と地球の接触面を問う地人論との悪戦苦闘を繰り広げるなかで、このような中途半端なメッセージを発するに至りました。

有島は自分の書いているものが地人論との対決であるという自覚を決してもたなかったでしょう。事実、有島という作家を地人論の文脈で捉える見方は長いあいだありませんでした。ですが、彼が残したテクスト――難しければ作品でも構いません、本書では読みやすさを優先して作品で行きましょうか――を細かく読んでいくと、彼が意図した通りではないのかもしれませんが、場所・風土・環境といった問題系への大きな抵抗感とほんの少しの共感、つまりアンビバレントな相克が延々つづいていたことが分かります。

そして、もし真のホンモノでもって偽のホンモノを叩きつぶす、その言葉の戦略を頼りにしたことがあるのならば、どれほど飛行機や電波が空を飛び回っていても、有島の格闘は実質的にはいまの私たちに地続きなものといえるでしょう。あらゆるものが飛べる時代は、それでもなお飛べないもの、地を這《は》うもの、その強調に着陸してしまうのです。

少しでも文学の心得がある人ならば、有島武郎という作家を知らないということはきっとないでしょう。『或る女』や『カインの末裔』の作者として知られ、『小さき者へ』『生れ出づる悩み』などはかつて国語の教科書にも採録されたこともある、日本近代文学を代表する文豪の一人です。

ですが、その評価に逆らって、いま有島を真面目に読む人は少ないかもしれません。暗い作風ですし、扱っている女性解放や階級意識のテーマが（それら問題が現実に解消されているかどうかとは別に）もはや古いと感じる読者がいても不思議ではありません。あまりに著名なため、簡単な解説でもって大筋のことは理解しやすいというのも一因になっているでしょうか。なぜこれ以上知らねばならぬのか、というわけです。

異郷にあって輝く

そんな古臭い文学者が書いたものを、この本では、一種の翻訳された外国文学のように読みたいと思います。どこかよそよそしさが残る異物として読みたいと思います。有島文学が、英語で考えてから日本語に直している、と噂されるほどバタ臭い文体を駆使していた、というエピソードをいいたいのではありません。あまたの研究者たちが、分かりにくい分かりにくい、と愚痴をこぼしながら彼と向き合ってきた研究史のことでもありません。見慣れた(と思っている)有島の文学的軌跡を地人論というアングルから、あたかも日本の美術館に置かれた外国の居心地の悪い作品のように読みたいと思うのです。

環境が変われば、個性の映え方も変わります。有島の戦略に逆らって、それがホンモノかどうかなんてもう気にしません。有島という文学者の個性はホームの外、異郷にあって輝く、と思うからです。それがニセの輝きだって、ユニークな輝き方ならばそれはそれでいいじゃないですか。

書物は文字テクストだけではできあがりません。私がいまパソコンに打ち込んでいる原稿にくわえて、編集者によるレイアウトと校閲者による訂正をへて、岩波新書というそれなりに権威的なレーベルの意匠をまとった長方形の紙の束をつうじて読者のもとに届けられます。これら本質から外れた一連のどうでもいいように見える付属物、外的なものが、しかし、読者の読書環境の決定的な部分を強制的にかたちづくります。あなたは岩波新書でないならば、こんな本を手に取らなかったかもしれません。

さて、本書は、割り当てられた環境に見合う内容をもっていそうでしょうか。見合うにしろ見合わぬにしろ、怠惰をみごと打ち負かし読了まで導くことができたのならば、私としてはそれだけで望外の歓びなのですが。

第一章

二つの地／血から未開地へ

父と母の血

有島武郎は、一八七八年、明治一一年三月四日、父・武と母・幸子の長男として東京の小石川で生まれました。兄弟のなかには、作家の有島生馬《いくま》(壬生馬《みぶま》)と里見弴《とん》(英夫)がおり、やがて有島三兄弟として名をとどろかせます。ちなみに、有島武郎の長男の行光は、森雅之という昭和の二枚目俳優として活躍していたので、そこからこの作家の名を記憶している人もいるかもしれません。

父の武は、もとは薩摩の下級武士の出身で、明治維新以後は大蔵省に出仕、官僚としてのキャリアを重ねながら、明治二七年以降は実業界に身を移して大きな成功をおさめました。母の幸子は、南部藩の江戸留守居役《えどるすいやく》をつとめた加島英邦(のち山内姓)の三女として誕生、早くに父を亡くしたため母親の手で育てられ、明治一〇年、太田時敏の媒酌《ばいしゃく》によって武と結婚します。この太田という人物は、新渡戸稲造の養父でもあり、この母の縁故を通じて有島はやがて新渡戸に師事していくようになります。

有島の評伝で最初によく引用される文章に、「私の父と母」という大正七年の短文がありますが、そこで彼は次のように述べて自分自身を形成する「血」を説明しています。

私達の性格は両親から承け継いだ冷静な北方の血と、ワリに濃い南方の血とが混り合つて出来てゐる。其の混り具合に依つて、兄弟の性格が各自《めいめい》異つてゐるのだと思ふ。私自身の性格から云へば、固より南方の血を認めない訳には行かないが、ワリに北方の血を濃く承けてゐると思ふ。何方かと云へば内気な、鈍重な、感情を表面に表はす事を余りしない、思想の上でも飛躍的な思想を表はさない性質《たち》で、色彩にすれば暗い色彩であると考へて居る。（有島武郎「私の父と母」、『中央公論』、大正七年二月）

性格に流れる血と地

こういった記述は、自分の思いを素直に吐露《とろ》できず周囲の期待に従って行動してしまう彼の優等生主義ですとか、その抑圧が突発的な爆発に至る激昂《げきこう》的性格ですとか――『An Incident』という小説には夜中なかなか泣き止まない子供を厳しく折檻する激しい感情が描かれます――、また同じことかもしれませんが、内部と外界の齟齬《そご》や葛藤《かっとう》を不可避的に抱えてしまう二元の矛盾をなんとか一元のものに統合したいという、思想的モチーフが読みとられてきました。このモチーフは『惜みなく愛は奪ふ』という長篇評論で一応の完成をみせます。

おそらく、そういった説明も正しいのでしょうが、ここにはより興味深い論点があると思います。

第一に、血には感情的／理性的といった個々人の心的な性格をつかさどる特性があり、さらにそれは地域差に呼応している、という考え方です。血が一定の性格を遺伝させるということにも首をかしげますが、それにもまして、日本国内程度の緯度の差で果たしてどれほどのバリエーションがでてくるのか。でてくるとして、感情的／理性的、南的／北的と名づけられるほどの明確な単位性を果たしてもちうるのか。警戒心を抱かないわけにはいきません。

第二に、「根底に於《おい》て父は感情的であり、母は理性的であるやうに想ふ」という前振りに従えば、父的＝感情的と母的＝理性的という形容に「南」と「北」の地域の方角が重ねられているわけですが、そもそも「北」とは、誰の出身を指すのでしょうか。というのも、武は鹿児島の生まれで、幸子は東京でその生を享《う》けているからです。

もう少し引用することを許してもらえば、「父は他の血を混じへない純粋の薩摩人」で「恐ろしい熱情を有つた」「純粋の九州人」でした。だとすれば、「北」が混じる可能性があるとすれば、それは母の方になります。

事実、有島は「母の父は南部即ち盛岡藩の江戸留守居役で、〔母の〕母は九州の血を持つた人であつた。其間《その》に生まれた母であるから、国籍は北にあつても、南方の血が多かつた」と書いています。盛岡藩とは現在の岩手県中部から青森県東部を治めていた藩ですから、有島に受け継がれた「北」とは、つまり母方の父、加島英邦に由来するといえるでしょう。

右から母・幸子，父・武，武郎，女中，祖母・楚与子(明治 11 年)

しかし、それでもなお不思議な印象が残ります。「純粋の九州人」である父と「南方の血が多かつた」母とのあいだに生まれたのだったら、これに先行する親族の「北」の血などほとんど無視していいほど稀薄なものなのではないでしょうか。もしその程度の混血に気取られなければならないとしたら、父の両親は、父の両親の両親は、父の両親の両親の両親はどうだったのか。「純粋」を信じるにはたくさんのハードルが待ち構えているようにみえます。

それでもなお、有島は「北」の血をクローズアップし、両親を遠ざけるように「ワリに北方の血を濃く承けてゐると思ふ」と自分自身を描写するのです。

有島という綱引き

ここで浮き上がっているのは、実際の混血性というよりも、純血というものをあまりに意識した結果生じる、混血発見へのことさらの努力、血の二元性をわざわざ見出そうとする言説の採用です。そして、そこにこそ、あまり言及されてこなかった有島の地人論と呼べる思考がひょっこりと頭を出しているようにみえるのです。

いうまでもなく、受け継いだ血や生まれた土地で性格が決定する、といった疑似科学的な、または科学として捉えるにしてもあまりに粗雑な主張に、まともに付き合う必要はありません。有島はきっと愚かしいことを述べています。

けれども、そのようなドメスティックな言説をしばしば採用していた著者が、同時に、グローバル時代の画一的「ミリウ」の待望を語っていたことを考えるとき、それが奇をてらった思いつきのアイディアというより、持続的なある緊張関係のなかで組み立てられた、壊れやすさもはらんだ言葉の結晶体であることに気づかされます。

有島のなかにはきっと、血統や土地の呪縛から解き放たれたい有島と、それが不可能事と諦《あきら》めるだけでなく、ときに安堵さえ感じる有島がいます。グローバルな有島とローカルな有島。この綱引きの引っ張り合い、そして、力を込めながらにじり寄って奇妙な仕方で混じり合ってしまう文章の綾に、有島文学の格別の読みどころがあるように思います。血や地に仮にたいした影響力がなかったとしても、血や地を語る言葉の力がそれで無効になるわけではありません。

士族の意識

父・武は実業家らしく、母・幸子とは対照的に文学的な趣味にあまり理解をもたず、若き有島がキリスト教に接近したときはもちろんのこと、小説家として生計を立てていくさいも、苦々しい思いを抱いていたようです。これに呼応して有島の方も、父の財産を当てにすることでありぐせく働かずとも食っていける自分の能天気な身分に生涯コンプレックスを感じることになりました。この不和は父親が死んだ後もずっと響いていくことになります。

父母は幼い有島に厳しい英才教育をほどこしました。とりわけ特徴的なのは英語です。これからの世の中、外国語がきっと必要になるだろうことをいち早く見抜いていた父は、六歳になる我が子を外国人の子供たちが学ぶ横浜英和学校に通わせてもいます。ここで起きた絵の具盗難事件を童話にしたのが名高い『一房の葡萄《ぶどう》』になります。絵を描くのが好きだった「僕」が同級生の絵の具を盗んだことで窮地におちいるも、大好きな先生の仲裁によって救済されたという話を回想しています。

これにくわえて強調されていいのは、士族的な精神性や振る舞い方、大正七年に発表した年譜で「父母からは最も厳格な武士風な庭訓《ていきん》〔=しつけ〕を授けられた。暁晨の剣法、弓、乗馬、大学、論語」と振り返っているような教育内容です。下級武士の家に生まれた父・武は、士族のアイデンティティを強くもち、それを息子にも託そうとしていた節があります。

四民平等が謳《うた》われて以降、士族階級は、時代遅れな階級意識になっていきますが、それでもその教育は有島の自意識を強く規定していたようにみえます。というのも、小説家を志す前の一六歳頃の習作として「慶長武士」「此孤墳」「斬魔剣」なる歴史小説が残っているのですが、これらはいずれも武士を主人公としており、死を賭してもなお義を守ろうとする武士道的精神のありかを問わせる主題をもっているからです。

九歳のとき、学習院の予備科(小学校)に転入し、そこで皇太子の学友に選ばれるという名誉(?)にもよくするのですが、そこでも「士族の子であるが故に、華族が威勢を振つた学習院の空気に同化し切らなかつた」と、周囲との距離感の原因に古い階級意識が持ち出されます。『リビングストン伝』という著書の第四版が出たさいに、つけたされた序言での回想から引用しました。このように父のスパルタ教育は、有島に対しておそらく意図した以上の影響力を与えることになります。

札幌農学校へ

学習院の中等科を卒業した一八歳の有島は、このような家の窮屈から抜け出すためもあってか、卒業後の進路を北海道の札幌農学校に定めます。北海道については、同じく『リビングストン伝』序言で「未開地の新鮮な自由な感じ」を与えたと語っています。病弱な気質が災いし、東京で生活するのが困難だったという理由もあったそうです。

そこで頼りにしたのが、先に名を出した新渡戸稲造でした。新渡戸は札幌農学校の第二期卒業生でしたので、彼の尽力のもと、予科の最上級へと編入されました。それだけでなく、新渡戸宅は有島の通学のための寄宿先にもなったのです。有島は卒業後、アメリカに留学するため、フィラデルフィアにあるハヴァフォード大学大学院への入学を決めるのですが、これも新渡戸による勧めがあってのことでした。

農学を専門にするという選択は、いささか意想外にみえます。実際、新渡戸との会話で、きみはなにをやりたいのか、と問われた有島が、文学と歴史です、と答えて笑われたという挿話が残っています。農学は理系の進路になりますから、ちぐはぐな印象は否めないでしょう。とはいえ、このおかげで、有島は農学士の学位をもつ稀有な文学者になるわけですが。

不在地主の懊悩

有島の実人生を知っている者にとって、その選択は極めて暗示深いものです。というのも、父から譲り受けることになる北海道は狩太《かりぶと》(いまのニセコ)にある農地の地主として、有島は、ある意味で延々と農業に関わりつづけたからです。

ただ、同時にそれは、彼が大地の上で鍬《くわ》を手に汗水たらして働く側の人間ではない、という残酷な(?)現実を常に突きつけるものでもありました。むしろ、小作人の働き方を監督し、彼らの労働成果を計算して収益に変える資本家の仕事の方に、その生まれが暗黙に勧める適性があったといえます。

プロレタリア文学者の小林多喜二に『不在地主』という長篇小説があります。不在地主とは、僻地で小作人たちを働かせながらも地主自身は大都市に居を構え、収益だけをむさぼる雇用のありさまを指す言葉です。搾取の現実に苦しむ小作人たちは、なんとか自分たちを縛る権力と闘おうと暴動を起こすのですが、不在地主は代理に代理を重ねる仕方で、彼らの目の前に現れずに間接化された鎮圧の術に長けているので、いかんともしがたい。

多喜二的世界観からすれば、労働の成果をかすめとる不労のブルジョワ有島は打倒されるべき敵でした。そして有島はそのように潜在的に流れているはずの敵視を、所詮は貧乏人の戯言、と無視できず、晩年に近くなればなるほど懊悩《おうのう》を深めていくのです。ちなみに、『不在地主』という長篇は、『防雪林』という多喜二のかつての自作を改稿したものなのですが、この『防雪林』は有島の『カインの末裔』に大きな示唆を得て書かれています。

農業と国家

農業は、有島個人の人生設計と関わっていただけではありません。有島は卒業論文として「鎌倉幕府初代の農政」という原稿用紙一八〇枚ほどの論文を提出しています。北条泰時が執権にあたった鎌倉幕府を日本史における革新的な政治体制として見出し、その中枢である農民救済的な農業政策を高く評価する文章なのですが、そこでは農業と国家の強い結びつきに言及しています。

何れの国民を問はず僅《わず》かに漂泊的時代を通過して一定の住居を求むるに至り稍《やや》安堵の域に達すれば農業は直ちに発達し地方的生活なるもの起り一定の境土を有して所謂 Territory の発生を見尋《つい》で漸《ようや》く国家的組織に移るも農業は依然として枢要の部分を占め文運開発の源因をなせるは何れの国に於ても等しく経過せる所にして農業は実に人民多数の職業として又人に一定の住居を供するの点に於て国家的組織の淵源をなせるは明瞭なる事実なり。（有島武郎「鎌

倉幕府初代の農政」、明治三四年六月）

句読点がなく、はなはだ読みにくい文章ですが、大事なことが述べられています。第一に農業は定住という生活様式と結ばれているということ、第二に農業＝定住的生活は領土の分割と並行して「国家的組織」を形成するということ、第三にこのような基礎があって文明・文化が発展していく、ということです。

定住は、決して人間の普遍的な生活様式ではありません。多くの類人猿にとって、時が経つにつれ食料獲得が困難になり、しかも便や死体など環境悪化を深刻なものにさせる定住よりも、土地を遊動していく生活の方がずっと自然なことだったともいわれています。ですが、定住的な生活様式がいったん確立してしまえば、そこに画期があったことを思い出すことすら困難になってしまう。有島は期せずして国家の誕生の条件、さらにいえば国家がない社会の可能性に触れています。

国家と政府は違う

国家と政府とは勿論《もちろん》混同して論ず可《べ》きものにあらず。国家とは抽象的意義を有し政府とは具体的意義を有す。牛は其健康なる時も疾病に罹れる時も生活機関の活動を廃止せし時も等しく牛なるが如く国家は其政府の施政が円滑なる時も欠点ある時も依然国家たるを失はず。故に国家は其政府の存亡盛衰によりて必しも其軌を一にして存亡盛衰するものにあらざるは理の極めて覩《み》易《やす》き所なり。（有島武郎「鎌倉幕府初代の農政」、明治三四年六月）

卒論の冒頭部で有島はこのように述べていました。

国家をガバメント（政府＝統治機構）と同一視してはいけません。ガバメントを運用するルールに貴族制や民主制などいくつかのバリエーションがあったとしても、その交代が直ちに国家の交代をもたらすわけではありません。政権交代は国家の交代を意味しません。先の論理を借りれば、農業や定住を選択する限り、国家は不可避的にくっついてくるのです。この条件性は、可変的なガバメントに比べてずっと決定的で、それなのに不可思議なものとして現れてくるでしょう。不可思議というのは、人々を実際的に統治する諸制度と違って、国家の「抽象的意義」は、ややもすればその存在理由が不明瞭で、ぼやけていくようにみえるからです。

卒業の年の一二月、有島は一年志願兵として軍隊生活を送るのですが、その結果、義務で人を縛り戦争に駆り立てる国家体制への批判を、「観想録」と名づけられた日記に書きつけます——ちなみに、有島という作家は研究材料となる膨大な日記を残したことでよく重宝されます——。いわく「国家に対する義務とは此《この》国家が命する所のものを為すを云ふ。換言すれば「無」の命する所のものを為すを云ふなり」(明治三五年一一月一五日)。国家の抽象性は、その中身が実はガランドウであることを予感させますが、それでも人間は「無」に従うのです。

これは後年、ヘーゲル『歴史哲学講義』に関する批判的な感想にも結ばれます。哲学者のヘーゲルは、世界史を精神が自由を獲得するための一連の歩みだと捉え、そのゴールとして近代国家、とりわけてアジアでもアメリカでもないヨーロッパの地でのゲルマン的世界を見出しました。これを読んだ有島の留学中の日記には、国家優位の哲学が個人の思想や感情を犠牲にすることに留意した上で、「第二十一世紀の問題は恐くは国家を如何に改造す可きやにあらずして、何を以て国家に代ふ可きやなる可し」(明治三七年八月三一日)と予言するのです。ことの本質は改良にあるのではない、あえていえば革命にあるのだ、とでもいうかのように。

大地は誰のものか?

それにしても、自然の大地を、ある個人の、ある家系の、ある国の所有地とみなすという営みは一体どういうことなのでしょう。

ジョン・ロックというアメリカ独立宣言に大きな発想源を与えたイギリスの哲学者は、土地の所有権の確立を、労働の投入——耕すこと、植えること、開墾すること——による囲い込み(enclosure)に求めました。これにより共有地は私有地に変換されます。ですが、自然の土地を囲い込むことなど本当にできるのでしょうか。

有島がやがて参加することになる『白樺』の同人グループにとってシンボリックな意味をもつことになった夏目漱石の『それから』という小説に、「大地は自然に続いてゐるけれども、其上に家を建てたら、忽ち切れ〴〵になつて仕舞つた」という言葉があります。親の脛《すね》をかじりながらいっぱしの文明批評をする高等遊民の代助が、近代的個人主義を揶揄《やゆ》する文句です。

大地は本来どこまでもつづいて地球という一つの全体をかたちづくっているのに、その上に柵を設けたり境界線を引いて我が物とすることが人間にはできる、というフィクションには、どこかハリボテめいた、つくりもの然としたところがあるように感じます。領海や領空という言い方についても同断です。

北海道しかりアメリカしかり、有島と縁深いフロンティアの場所には、植民者に先行する先住民がいたわけですが、決してそういう話だけをしたいのではありません。自然を人のものとする、ということはそもそもどういうことなのか。誰のものでもないものが――という言い方自体がすでにして所有の観点を前提にしている言葉足らずではあるのですが――、なぜ誰かのものになっているのでしょうか。

原っぱで寝っ転がるとき、それだけでもう私は誰かの場所を奪っているのかもしれない。パスカルは日向ぼっこに地上における簒奪の縮図を認めました。有島は留学を経て、社会主義やアナーキズムに共感を寄せていくのですが、根底には、人間と大地に関するそのような素朴な疑問が先行してあったように思います。プルードンというアナーキストが、所有とは盗みである、と述べたことが思い返されます。

そしてアメリカへ

農学校では友人関係に恵まれ、とりわけ仲のよかった足助素一《あすけそいち》は、のちに叢文閣《そうぶんかく》という出版社を興し、新潮社と交代するかたちで『有島武郎著作集』の刊行を担っていくようになります。有島が晩年に企てた個人雑誌『泉』も、最初に刊行された『有島武郎全集』も叢文閣から出されます。その交友は終生までつづいたのです。

さらに、忘れてはならないのは、森本厚吉という男です。有島は明治三四年、二三歳のときに実家の反対を押しのけてキリスト教に入信するのですが、その背後には、実存の悩みを抱えキリスト教に助けを求めた森本の存在がありました。札幌の定山渓《じょうざんけい》での共同生活、そして自殺未遂という濃密な体験をともにした二人のあいだには同性愛的な関係があったことも伝えられています。森本もまた生涯にわたる親友となりました。ヨーロッパ人で初めてアフリカ大陸を横断した、探検家であり宣教師のデイヴィッド・リヴィングストン。その伝記であるところの『リビングストン伝』は森本との共著です。先に序言での言葉を引用しました。

彼らをふくめ、農学校時代の経験は、結局は未完に終わった『星座』という長篇群像小説に取り入れられています。有島の忌日《きじつ》(六月九日)は星座忌というのですが、これはこの作品にちなんで命名されたものです。

小括してみれば、先天的に押しつけられた二つの地/血から逃亡するように旅立った新天地・札幌にさえ、まるで自由な土地はないのだ、といわんばかりに、地と人、自然と国家に関する難問が有島の背後に忍び寄っていたといえるでしょう。これはもう一つの新天地・アメリカについても例外ではありませんでした。いいえ、アメリカという異国の地においてこそ、その困難はいっそう峻烈な仕方で有島を襲うのです。

真ん中が武郎，左が森本厚吉
(明治 34 年，札幌にて)

第二章

地球と人種

第一節　修士論文と二つの地人論

修士論文「日本文明の発展」

やがて『或る女』の乗船シーンに活かされることになる船旅を経て、明治三六年の九月、有島はシアトルに到着、新たな学生生活が始まりました。同じ年に作家の永井荷風がやはりアメリカ旅行をしています。年齢も一つ違いなため、文学者の洋行という項目で二人はよく比較的に論じられます。

有島が、慣れない英語による講義と毎日格闘しながら、英国史、中世史、経済（労働問題）、ドイツ語という四科目に取り組み、修士論文「日本文明の発展――神話時代から徳川幕府の滅亡まで」（原題は *Development of Japanese Civilization From the Mythical Age to the Time of Decline of Shogunal Power*）を完成させてハヴァフォード大学に提出したのは、翌年の六月のことです。

この論文は、文明の定義から出発し、自然環境に拘束された明治維新に至るまでの日本史を、他国との外交的関係のなかで記述した日本文明論でした。とりわけ特徴的なのは、文明を単なる思想の産物としてみなすのではなく、物理的な自然環境、地理的な基礎の上で考えるという点です。

たとえば、文明が栄えるかどうかは、北半球に位置すること、温帯であること、広い大陸をもつこと、といった、自然環境の条件性に深く依存していると有島は考えています。環境が人間万事を決定するという決定論を採用するほど盲信してはいけませんが、「大人物・大事件というものは、その環境を考慮に入れてはじめて理解される」のです。

内村鑑三の地人論

この論文は、ある地理学書を連想させます。内村鑑三の『地人論』です。

教会の権威なしに信仰をもつことの肝要を訴えたキリスト教思想家の内村鑑三は、有島にとって、新渡戸にならぶほど尊ぶべき年長者でした。明治三〇年以来、有島は何度か内村の自宅を訪問し、親交を深めるとともに、その人格に敬服を示しています。また、明治三四年には札幌独立基督《キリスト》教会に入会することで正式にキリスト教信者となったのですが、これは内村を中心とした札幌農学校の初期学生たちによって創立されたものでした。内村と新渡戸は同級生です。

内村には宗教的な信仰論と並行して、自然科学的な素養がありました。農学校では水産学を専攻し、有島と同じく農学士の学位をもっています。有島が明治三一年一二月二九日の日記に読了の感動を記している『求安録』の冒頭では、信仰と罪に引き裂かれる人間なるものを「彼の棲息する地球と同じく絶頂 Zenith 絶下 Nadir 両極点の中間に存在するもの」と、地理的な比喩で語っていましたが、その教養が存分に発揮されたのが、原題は『地理学考』というタイトルのもとで明治二七年に刊行され、その後、三〇年に『地人論』と改題されて再版された内村の地理学書です。

人類史（内容）を根底において規定する形式としての地理学を考える内村の姿勢は、有島の修論と大きく重なり合っています。それだけでなく、先に紹介した文明の自然環境的条件をふくめた修論の第三章までは、『地人論』をそのまま下敷きにしたような瓜二つの記述が目につきます。

それ以前にも、森本との共著である『リビングストン伝』で「『地人論』の著者は、亜非利加《アフリカ》が存在の理由を説明して、「人類の高貴なる能力を発揚せんが為めなり」と曰へり」と、内村の言葉を引用していました。アフリカ大陸は、気候不良や害獣害虫がひどいため農業に適さず、植民地として魅力的ではありません。ですから、わざわざその地を開拓するには「博愛的の目的」が必須で、まさにリヴィングストンは義侠と慈善のキリスト教徒であった、と内村は書きます。この理解は、そのまま『リビングストン伝』にも引き継がれるものです。「亜弗利加の中央部を横断し、前人未知の発見に成功せりと雖も、其大目的は未始まらず、然り彼の地理学研究は、彼の事業の前提に過ぎざればなり」。

リヴィングストンは探検家として当時の地理学に寄与し、本国の地理協会に高く評価される一方で、その冒険の根本の動機にはキリスト教を広める伝道者としての強い自覚がありました。摂理のなかで地理が見出されているのです。

地人論をさかのぼる

とはいえ、有島の修論は明示的に『地人論』を参照しているわけではありません。むしろ、この観点から注目されるのは、修論のエピグラフに採用され、本文中に引用もされているアーノルド・ヘンリー・ギヨー(Arnold Henry Guyot、ギョー、グヨーなどとも訳される)の『地球と人間 *The Earth and Man*』という地理学書です。

一九世紀初頭にスイスで誕生したギヨーは、もとは神学志望でしたが、留学先のベルリン大学で出会った近代地理学の創始者の一人、カール・リッターの授業に魅せられて、地理学者を目指します。そんなおり、ハーバード大学に就職していたルイ・アガシという仲間の学者に呼ばれ、アメリカで地理学の出張講義をしました。

アーノルド・ヘンリー・ギヨー

これを講義録としてまとめたのが、一八四九(嘉永二)年初版の『地球と人間』です。この本は、アメリカでは地理学の教科書のように広く読まれ、いくつかの外国語にも翻訳されました。ちなみに、頂上の平坦な海底火山を、専門用語で「ギヨー」というのですが、これは正しくアーノルド・ギヨーの業績に由来する命名です。

内村とギヨー、この二つの地人論はぜひとも並べて置かねばなりません。なぜならば、内村の『地理学考』が『地人論』と改題されたさい、そのネーミングの由来として挙がっていたのがギヨー『地球と人間』だったからです。改版の自序に内村は次のように書いています。「余は久しく本書の改題に躊躇せり、然れとも二三親友の勧誘に従ひ、竟《つい》に先哲アーノルド、ギヨー氏の著書に倣《なら》ひ、其名を籍《か》りて此書に附するに至れり」。

有島の文明論は、内村の地人論を引き写しているようにみえました。けれども、その内村自身は先行するギヨーの地人論に大きな影響を受けています。実際、両者に認められる文明の地理的条件性（北半球、温帯、広い大陸など）は、ギヨーがすでに説いていたものです。有島は論文中で、「文明は北半球（ギヨによれば「大陸の半球」）に栄える」と素っ気なくギヨーに言及していますが、影響は一つのセンテンスにとどまるものではありません。

たとえば、内村は「地理と歴史とは舞台と劇曲との関係なり、地は人類てふ役者が歴史てふ劇曲を演ずる舞台なり」と演劇の比喩で地理学を理解します。この認識は、ギヨーが地球を評していった「人間の住居であり、人間社会にとっての活動＝演技 the action の劇場である」の敷衍《ふえん》であるようにみえます。「民族のおのおのは歴史の大いなるドラマにあって、各自の賜りものに応じた特殊な部分＝役目 a special part を演じます」とギヨーがいうとき、part には全体のなかの「部分」であると同時に劇における「役」を意味する、二重含意があることに注意せねばなりません。

おそらく有島は内村の『地人論』に強く感銘を受けたからこそ、その種本ともいうべきギヨー『地球と人間』にもさかのぼって勉強にいそしんだのでしょう。有島の修論の背後には、先行する地理学的言説、とりわけどちらも宗教色の強い地人論があったことは特筆されていいことがらです。

信仰と科学のエピグラフ

そう、内村とギヨーの地人論は宗教的地理学でもありました。

これを確認するには、有島が引いていたギヨーのエピグラフを引用するのが便宜でしょう。文脈を確認してもらいたいため、有島が引いていた部分に傍線をつけて区別しつつ、その前の段落も訳しておきます。『地球と人間』の末尾近くの文章です。

あらゆる被造物の目的と目当てであり、驚くべき有機体の美しく完成された花である、人間への愛の思想、つまり知的な思想の実現が、私たちの地球で見つからないならば、どうすべきなのでしょうか?／きっと、次のようにしたらいいのです。信仰は、まだ曖昧ですが、依然として奥深いこの感情〔＝愛〕を私たちに吹き込むことを教えます。科学は研鑽を積むことで私たちの労働にとってもっとも甘美な報酬としてその崇高な眺めをとっておくことを教えます。科学によって啓蒙され解説された信仰――信仰と科学の統一体――は、ハーモニー的な知識を生きることで、〈未来像VISION〉になる、完成された信仰なのです。（アーノルド・ギヨー『地球と人間』）

地理学書に分類される書物が、このようにパセティックな調子で終わっていくのに一驚するのは、きっと私だけではないでしょう。

ギヨーはいいます。「私が主張しているのは地球の生命の地理学、大いなる大地の形態の生理学なのです！」。彼にとって地理学とは、単なる自然科学の一部門ではなく、地球という一つの巨大な生命体の生理学であり、大いなる生命の諸段階――地球＝物質、植物、動物、人間――は、その最高位においてキリスト教の神によって統《す》べられ、調和がもたらされます。ここに自然科学と宗教的信仰が相克せずに合体を果たす、じつに珍しい契機があるのです。

地理と摂理

地理の配置は、神さまから人類に宛てたメッセージかもしれない。ある土地とそこに住む人々には、他の土地にはない歴史的な使命があるのかもしれない。

宗教的地理学とは、言い換えれば、大地の配置のなかに特別な摂理や意匠を読み取る方法を指しています。偶然的に生起しているようにみえる自然の形のなかに、ある歴史的な目的を読むこと。内村がギヨーから色濃く受け継いだのも、畢竟《ひっきょう》、その目的論的方法にほかなりません。

摂理(providence)なる語は旧来の宗教学者が用ゐ来りし意匠(design)なる語と稍《や》や意義を同うするものなり、即ち造物主が宇宙を造るに当て時計師が時計を造るが如く一定の方式と確固たる目的を以てせられしを云ふなり。(内村鑑三『地人論』、警醒社書店、明治三〇年二月)

たとえば、内村によれば、日本はイギリスと似ています。どちらも島国で、片方の海は巨大な大陸に面しており、もう片面の海は大海に開かれています。南北にわたる山脈の分布も共通しています。このように地理的条件が近似しているならば、そこで課される摂理が似ても、それは道理というべきでしょう。

つまり、イギリスがヨーロッパとアメリカのあいだにあって、「欧の粋を以て米を開き、米の富を以て欧を利」したように、日本はアジアとアメリカのあいだにあって、「日本国の天職如何、地理学は答へて曰く、彼女は東西両洋間の媒介者なり」ということになります。

ギヨーに返ってみれば、「自然の万物は、善の勝利に向かう〈摂理〉の驚くべき意匠である人間によって完遂されるために配されていたのです」というような彼の目的論は、地域（大陸）に対応する文明発展のヒエラルキー的序列の理解とも交差しています――ちなみに、ギヨーの目的論は師であるリッターの地理学にすでに認められるものです――。

ひどく簡単にいえば、熱帯地域よりも温帯地域が、アジアよりもヨーロッパの方が文明において高い位置を占める、完成されている、という偏見がギヨーにはあります。たとえば、「温暖な大陸の人々は常に知性の人、活動力の人、人類の脳です。対して熱帯の大陸の人々は常に手足、作業者、労働者です」といった記述には、差別的としかいいようのない視線がふくまれています。しかも、ギヨーの場合、この傾向はさらに人種（race）の観点に横滑りして人類に地理的宗教的序列を与えるのです。

生まれ故郷という宿命

有島武郎とずいぶん離れた話がつづいているな、とお思いでしょうか。たしかに、有島はこれら書物を正面から論じているわけではありません。また、内村／ギヨー的な目的論にしても、エピグラフの採用に逆らって、修論の骨格にはあまり反映されていないようにもみえます。

けれども、有島の地人論を考える上で看過できない論点が、まさにここで提出されています。もし、地域の差がただちに人類史での天の配剤と呼応しているのならば、生まれ落ちた地球上のある座標、自分の生まれ故郷なるものは個人の意志ではどうしようもできない宿命的なものとして現れてくるでしょう。これを受け入れてしまうのならば、どれほど経験的(後天的)に新天地に移動しても、生まれの地が先天的な仕方で人々を強く拘束するはずです。

たとえば、有島作のなかでは比較的よく知られた小説『生れ出づる悩み』。東京にいる自信喪失中の小説家が、北海道で漁師として日々過酷な労働に従事せねばならない青年画家の訪問を受け、彼を「君」と呼びかけながら、若き芸術家の苦悩を同情的に描いた大正七年の作品です。青年の才能がどれほど秀でていようと、それを認める環境が整わなければ、正当な評価が下されないばかりか、厳しい大自然が課す生活上の大儀から創作活動に没頭することもかなないません。「地球の北端の一つの地角に、今、一つのすぐれた魂は悩んでゐるのだ。若《も》し僕がこの小さな記録を公にしなかつたならば誰れもこのすぐれた魂の悩みを知るものはないだらう」という小説家の言葉には、生活するのでいっぱいいっぱいな厳しい自然環境がいやおうなしに押しつけてくる北国の宿命が認められます。

彼の場合は、なんとか東京の小説家という情報網の一角にひっかかりました。が、同じようなことは「地球のどの隅つこにも隠されてゐる」はずです。ならば、どんなに素晴らしい芸術的魂であれ、運が悪ければ誰の目にもとまらず僻地に埋没してしまうかもしれない。芸術厳禁な土地があるのかもしれない。

地球は呼吸している

その不安は、統一的ヴィジョンをもったラストシーンによって一応の解決をみせます。つまり、この小説家は「ほんたうに地球は生きてゐる。生きて呼吸してゐる」「君よ春が来るのだ。冬の後には春が来るのだ」と、季節の移り変わりを地球という大きな生命体の呼吸として捉えることで、誰にでも日の目はやってくるのだ、といわんばかりに明るい未来を語るのです。すってはく、すってはく、この個体の生のリズムがスケールを超えて貫徹するかのように、冬の寒さが春の暖かさに交代していきます。ところで、ギヨーは単なる物理的対象にすぎないようにみえる地球の生命を「関係の相互的交換」と定義しました。地球という全体は、細かくみてみれば、様々な機能、できることとできないことをもった特殊な部分(役割)同士が、お互いに補い合うことで統一を実現させます。

ギヨーにとって地理学とは「生理学」のことでした。ならば、この季節の循環も、喩《たと》えでもなんでもなく地球の生理学的な呼吸現象として理解できるかもしれません。「寒い。原稿紙の手ざはりは氷のやう」と、冒頭部から冬の寒さのなかに作家業の停滞を暗示していた『生れ出づる悩み』は、この循環を語ることで、「君」だけでなく小説家自身の福音を願います。土地をたがえど、同じ人類共同体の一員であるかのように。

修論以降、有島はギヨーの名を出すことはなく、日本に還ってきてからは地の宿命に抗うかのように、「魂」や「自己」や「個性」といった一見したところ個人主義的なキーワードで自分の思想を語ります。ですが、本当にギヨーや内村を切り捨てることができたのか、はなはだ疑問です。むしろ、内村／ギヨー的な摂理観がきちんと反映されていないこと、それ自体が有島の必死の抵抗を裏で示しているのかもしれないのです。あれに引きずられてはいけない。画一的「ミリウ」の待望は、その不安から逃げるために案出された苦肉の策なのかもしれないのです。

クロポトキンとの出会い

地理学の思考が一筋縄ではいかないのは、地域による差が人々を決定的に分け隔てることを教えると同時に、人類は同じ地球に住む同胞でもあることを教える、その両義性にあります。東京人と北海道民で全然違うけれども、同じ地球人でもある。グローバリストとは語源に従えば地球(globe)を住処にする者です。内村はそれがために、「我等は日本人たるのみならず亦《また》世界人(weltmann)たるべきなり」と書けたのです。

この世界性への開眼は、有島にとってはハヴァフォード大学卒業以後の遊学期間に関わってきます。ボストン、ワシントン、ニューヨークと居を移しながら、有島はヨーロッパ旅行に向かいます。ボストンでは世界市民を自称する社会主義者の金子喜一と出会い、その周辺の社会

ピョートル・クロポトキン
(1920年ころ，朝日新聞社提供)

主義者グループと接触をもち、左傾の思想との急接近を果たしました。そして、明治四〇年、日本へ帰国する直前の二月に、ロンドンに住んでいた憧れのアナーキストであるピョートル・クロポトキンとの面会を果たします。

多くの農奴を有する大地主の家の息子として誕生したクロポトキンは、農民を搾取する権力の非道を目の当たりにして、アナーキズムに傾倒します。『パンの略取』や『相互扶助論』などを発表し、国家に紐づけされた粗雑で暴力的な政府(支配体制)を介さないで営まれる複数の共同体自治に望みをかけることで、無支配《アナーキー》の理想を訴えかけました。

有島がクロポトキンの名を知ったのは、一時期愛読していたゲオルク・ブランデスというデンマークの文芸批評家が、クロポトキンの伝記『ある革命家の手記』に序文を寄せていたことをきっかけにしていたようです。直接の訪問を経て、帰国後、『新潮』誌の海外で出会った芸術家に関するシリーズもののエッセイ欄に「クローポトキン」という短文を寄稿するのですが、これが有島の文壇デビュー作になりました。

地理学者としてのクロポトキン

クロポトキンといえば、とにもかくにもアナーキズムです。有島に与えた影響も、いうまでもなく、その思潮を外して考えることはできません。先に紹介した『星座』には、クロポトキンの代表作『相互扶助論』を読んでいる学生が登場します。

ですが、忘れてはいけないのは、クロポトキンがアナーキストとして本格的に覚醒するのに先んじて、ギヨーの先生だったリッターを愛読し、シベリアに関する探検と地質学的研究で成果をあげ、ロシア地理学協会にも高く評価された地理学者であったということです。

有島が言及していた自伝『ある革命家の手記』では、士官学校時代、クラソーフスキイという文法の教授による分野横断的な授業に啓発されたクロポトキンが、その自然科学版として、暫定的に地理学を専攻した経緯が描かれています。暫定的、というのは、既存の地理学では「一つの統一された全体としての自然」の把握が果たせないと思っていたからですが、とまれ、統一的な生命理解へのとっかかりとして彼は地理学の門を敲《たた》いたのです。

実際、調査ですごしたシベリアでの数年は「行政機構という手段によっては、民衆のために役にたつようなことはなにひとつとして絶対にできない」というアナーキズム的認識をはぐくみます。これは様々な地域の民衆生活を実見することで、上意下達式に命令を課してくる中央政府よりも彼らの自然の共同体の方がずっと公正で効率的だ、という観察に由来するものです。

有島が直接献本されたという、クロポトキンの『田園・工場・仕事場』は、科学技術を信頼し、農業と工業を合成的に使いこなすことで、余暇に恵まれた豊かな社会が実現可能であることを各国の詳しいデータをもとに論じています。その前提には「どんな種類の進歩も――知的、工業的ないしは社会的――政治的な境界内にとどまることができず、海を越え、山をつらぬく」という人類社会の等しく広がる一体感がありました。

クロポトキンは民衆の普遍的な助け合いを信じることで、国境で分断を促す国家を斥け、地理学的知見、というよりも地理学的体験を人々の連帯の可能性に活かそうとします。その助け合いの精神は、もう一つの観察眼である生物学的視線のなかで、ハーバート・スペンサーが考えたような相互闘争を余儀なくされる生存競争の進化論ではなく、本能によってできるだけ争いを避けようとする相互扶助の進化論へと結ばれて、そのアナーキズム理論を基礎づけています。

同じく地理学的なアナーキストとして著名なエリゼ・ルクリュとともにクロポトキンは、*Le Révolté*——「叛逆者《はんぎゃく》」という意味のフランス語——という新聞を刊行していました。第四著作集『叛逆者』や評論「永遠の叛逆」など、有島は文章のなかでよく「叛逆」の語を用いますが、ここには隠れた敬意のあかしを読むことができるでしょう。ちなみに、ルクリュ地理学の主著は石川三四郎によって『地人論』という題名のもと昭和五年に抄訳されることになります。

第二節　『迷路』の人種主義

『迷路』を読む

広い大地を観察してみれば、生命の大きな流れに浴する個々人の本能は、地域差による分断をもろともせずに相互の連帯に結ばれるだろう。この発想を、後年の有島は本能的生活論という仕方で半分だけ受け取り、あとの半分は捨て去ったようにみえますが、それはそのときに詳しく見ることにしましょう。

ここで注目しておきたいのは、地域という自分の身体の外に広がる差を些末《さまつ》なものとして斥けて本能という身体の内側にある共通の力で差を乗り越えるという方法は、ややもすれば地域差に匹敵する宿命論を準備させかねない、ということです。なぜならば、その内的統一が、もし、ある集団に限定された内として先天的に規格化されていたことが分かったならば、再び個人の意志は雲散霧消し、人類は小さな集団での連帯と引き換えにしてまたも集団間での深い分断の溝に落ち込んでしまうからです。しょせん内輪ウケでしかなかった、というわけです。

この留学期の不安を小説化したのが、ずっと時代が下ってから執筆された『迷路』という作品です。『迷路』は、大正五年から七年のあいだ、『首途』『迷路』『暁闇』という名で発表された三篇の作を連結させ、一部改稿を経て完成させたもので、有島がハヴァフォード大学を卒業したあと、フランクフォードの精神病院で看護夫として働いた経験を筆頭にそのアメリカ体験を直接の題材にしています。

梗概《こうがい》はこうです。精神的不安定を抱えるスコット博士の担当に任ぜられた、キリスト教を信じる日本人看護夫のAは、悪魔の声が聴こえるというスコットの言葉に幻惑されながら、最終的に彼が縊死《いし》したという報に接して大きなショックを受けます(ここまではAの日記体でつづられます）。信仰を失ったAは、離婚協議中のP家に厄介になりつつ、P夫人と不貞関係を結び、ついには妊娠までさせたことに困惑してデュリヤとフロラという別の女性に求愛するのですが、ぶざまにも失敗し、今度は胎児に対する父としての責務を果たそうと決意したところ、肺病を患ったKという日本人社会主義者の友人から、その報自体がP夫人の嘘であったことを聞かされるのです（後篇は三人称の視点から描かれます）。

Kの造形モデルは、先に紹介した金子喜一であるといわれています。

人種問題

この小説は、人種という身体の内側から身体そのものをつくっている生得的なルール、これに関する苦悩を取り扱っています。

今日、人種という概念は科学的根拠に乏しく、学問的には常に疑問符がつきまといます。生物学的にいえば、人類《ヒト》はみなホモ・サピエンスにすぎず、厳密な意味での種の差を認めることはできません。けれども、言葉のレヴェルにおいては、しばしば、まるでそれが実在しているかのように人々は振る舞います。

排外的なレイシズムのことだけではありません。ブラック・カルチャーのように、それが肯定的に参照されるときですら、彼等には束として(我等とは異なる)まとめられるなにかがある、という信憑がそこには息づいています。『迷路』は、たとえ生物学的には無根拠だったとしても、文化的に生物学をよそおって繰り広げられる差異や区別を過敏に受け止めてしまうAと、そうならざるをえない状況を強いるアメリカ社会を克明に描いています。

混血児になぜ絶望するか

あるアメリカ人の童女と初めて会ったときに、教会のバザーであなたを見た、という言葉を受け、序篇のAは、「僕の醜い而して黄色い皮膚の顔は彼女に憐憫《れんびん》の印象となつて残つたのかも知れない」と感じたことを回想しています。

後半部に入ってからも、たとえば、すれ違った学生に「あれもJapか知らん。いゝ顔をしてゐる」と言われ、褒め言葉のように聞こえはすれど、人種的帰属を再確認するように促されます。また、P夫人と姦通したことをPに告白するとき、AはPの表情に「皮膚の黄色い猿のやうな劣等人種の挑みに敗けた不満足」を読み取っています。極めつけには、好意を寄せたヂュリヤには、「あなたは東洋の方ですよ」という文句で拒絶されてしまうのです。

このような人種の自覚を促す社会の状況は、なにをするにしても人種の色眼鏡なしには世の中を覗けない強力な偏見を、なによりも被差別者の内側につくっていきます。P夫人はAに懐妊したという偽の告白をします。彼がそれを知って最初に抱くのは、異国の地で生まれてくる混血児への非常に強い憐憫でした。

黄色人種の血を半分享けたその子は、生れるとからどんな軽蔑と敵視との的になる事だらう。この子の母が旅行とか病気とかいふ名義の下に突然姿を隠して移り住む、種々な罪悪の捨て所隠し所である産婦預り処といふ一構への暗い一室で、世の中の光からは全く遮断されて、その子は生れ出るに違ひない。その子を取り上げる産婆は先づ思ひも寄らない混血児の出現に眼を見張つて驚くだらう。而してその子の体格や相貌を香具師《やし》が一寸法師を見るやうな卑《ひ》陋《ろう》な好奇心であらためるだらう。（有島武郎『迷路』、『有島武郎著作集』第五輯、大正七年六月）

いささか妄想が先走った想像ですが、一読して分かるように、彼の同情の焦点は「体格」や

「相貌」といった身体性に絞られています。そもそも、黄色人種という捉え方自体が、皮膚の色に傾斜するものともいえます。Aはまだ生まれてきてもいない我が子の「白と黄との漆喰をこれ合はしたやうに沢《つや》のない濁《にご》つた皮膚」を想像して心配をつのらせるのですが、その背後には日本人である自分自身が晒されている差別的な視線があるといえるでしょう。

黄色コンプレックス

Aはスコットの世話係でした。病院の副院長によれば「狂癲《きょうてん》ほど恐ろしい遺伝病はない。スコット博士の弟も二三年前に自殺してゐる」と、その狂気の背後には遺伝的要因が仄《ほの》めかされています。

実際、予言が的中するかのようにスコットは自殺してしまうのですが、Aがそのときの日記に書いている、「僕の首途（＝旅立ち）は血祭で咀《のろ》はれた。或は血祭で祝福された」という文言には、自殺の比喩だけでなく、「血」に流れていると想像される人種の遺伝的性質の強力な決定性も含意されていると読むべきでしょう。

黄色人種に生まれ落ちた者は、黄色の「血」が命じるものを宿命として生きねばならない。

この強迫観念が、混血児への逞《たくま》しすぎる想像力と結ばれます。思えば、Aが受け取った故郷からの手紙には、「本国に帰つて来い。野は黄色に熟して苅手の数は少ない」と、日本に黄色(稲穂)のイメージが重ねられていましたが、それは彼のもつ黄色人種性の強迫観念をさらに暗示深くするものとして働いていたのかもしれません。

それにしても、なぜこうも黄色人種が劣等なものとみなされるのでしょうか。差別の背後には、日清戦争(明治二七年七月から翌年四月)と日露戦争(明治三七年二月から翌年九月)による日本の軍事的存在感を引き金とした黄禍論《こうかろん》の流行を読むことができます。黄禍論とは、政治的経済的に世界進出するアジア人によって白人文明が脅かされるのではないか、という白人社会のイデオロギー的な危機意識を指します。明治四〇年には、日系移民が多くいたカリフォルニアで大規模な排日運動が起き、当地では黄色人種と白人種の結婚の禁止が論じられました。

Aはこのような社会状況を正確に内面化しているようにみえます。

「国」を忘れることの条件

ただし、社会状況と個人の内面の同期によって、不安だけでなく一時的な安心が与えられることもまた指摘しておかねばなりません。

受胎の告白に戸惑いながらも、父としての責任を自覚し、P夫人がいるボストン行きの列車に乗り込んだAは、当時の大統領のセオドア・ルーズベルトが日露戦争の停戦を仲介するというニュースで盛り上がる乗客らの好奇の目に晒されます。明治三八年九月のポーツマス条約のことです。話題の日本人がそこにいる、というわけです。

そのうちの一人、政治狂らしい老人は彼の手を握って、「小さな勇ましい Jap. のために三度万歳！　私の国とお前の国とは提督ペルリ以来の親友だ。私はお前の国の武士道も将軍もちやゝんと知つてゐる」と、Aに熱心に語りかけます。この行為に不愉快を感じた彼は握手の手を引いて、「いつの間にか〔自分が〕国籍のない浮浪人と同様になつてゐる事に気が附いた」「国の区別を立てゝ人に接する事を忘れてゐた」という内省でもって、目の前の老人をふくめた国家的／人種的枠組みそのものを相対化してみせます。

けれども、あれほど人種の色眼鏡にこだわっていたAが、突然「国の区別」を忘れるなど果たしてありえることでしょうか。ここにも、戦争の状況に考えをめぐらす必要があると思います。というのも、もとは黄禍論を固く信奉していた帝国主義者のルーズベルトは、日露戦争にあっては、より冷静な政治的判断でロシア皇帝よりも日本の天皇に肩入れし、ドイツのヴィルヘルム二世の忠告に逆らっても、日本人を同じ文明人として一時的に認めるに至るからです。明治三七年一一月には、日本から渡米した政治家、金子堅太郎による反黄禍論のアピールもあって友好的な対日世論が準備されました。

老人はまるでルーズベルトに成り代わるかのように、国家的承認（＝「親友」）を日本人のAに与えます。卑屈なまでに自身の黄色人種性を呪っていたAが、「国の区別」を無視できたその手前には、国際政治における関係改善があります。これは皮肉なことといわねばなりません。というのも、「国の区別」を無視したまったき個人として自らを立て直すには、国家的／人種的枠組みのなかで一定の承認を得て、日本（人）とアメリカ（人）の非対称性を解消する必要があったからです。そこでは依然として人種の枠組みが潜在的に維持されています。

実際、後段では日露戦争以降にアメリカに漂流してきたポーランド人の労働者たちに親近感を抱きながらも、ご丁寧にそこから「四五人のポーランド生れの猶太人《ユダヤ》を除《の》ける」作業をAは決しておこたりません。人種の眼鏡は健在なのです。

人類と人種

Aは同じ日本人であるKと出会った当初、一緒に社会主義者の集会に立ち会っています。そこでは、「色々の国籍の人達から蕪雑《ぶざつ》な英語」が飛び交い、「大学の老教授も、有名な雑誌記者も、大商店の管理人らしい人達も、賃銀によつて生活する労働者の一人として、普通の労働者と隔意なく話し合つてゐた」と、アナーキストたちが夢見るような脱階級的で脱国家的な理想郷が広がっていました。

Kは彼らに向かって演説を始めるのですが、最初、声の小ささのために衆目をうまく集めることができません。方々から野次が飛んでくる始末です。日本人のみすぼらしい身体によって連帯が挫かれる危機に直面します。けれども、「君等は僕のこの細い声と扁平《へんぺい》な胸とが雄弁に語る所に耳を傾けないのか。それほど人類に対して冷酷なのか」から始まるKの情に訴える言葉は、やがて聴衆たちの心に同情の念を引き起こし、ついには感情的な一体化を果たすほどに成功します。

肺病を患って小さな声しか出せない日本人の小さな体が、「労働者」「友」「人類」といった大仰な言葉によって止揚されていく。この理想郷は、Aが体験していくことになる人種の地獄と好対照です。そして、『迷路』が発する暗黙のメッセージは明らかに後者に、つまり人類や友といった生温い言葉ではどうしようもない差異があるのだ、というものに傾いています。人種をたがう者同士が「友」になるには大統領の政治的判断にお伺いを立てる必要がある、というわけです。

ギヨーの人種主義

クロポトキン的平等からギヨー的序列化へと重心が偏っています。人類の統一は、人種の分裂に。

なぜギヨーを蒸し返すのかといえば、ギヨーは宗教的地理学を語ると同時に、そこに住む諸人種をやはり序列のなかで描いていたからです。ギヨーによれば、白人種は人類のなかでもっとも完成されたタイプで、知性、精神性、道徳性に恵まれ、顔立ちも整っています。これに一歩劣るのがモンゴル人種やマレー人種などをふくむ有色人種、そしてさらに劣位に置かれているのが黒人種であり、彼らは精神の洗練とはほど遠く、肉体の粗暴なエネルギーに満ちています。有色人種や黒人種は人類史における子供時代を象徴していますが、白人種は成熟期に相当します。

しかも、これら人種は、地域差とも対応関係をもちます。「大地の中心的地塊を形成する北の大陸はもっとも見事な人種によって住まわれ、もっとも完成されたタイプをみせる」のに対して、「土地がてんでばらばらな多くの岬からなる南の大陸は下等な人種によって排他的に独占され、不完全にしか人間の本性を表現しません」。

アマルガムとしての日本

とはいえ、白人種であるギヨーの理論をそのまま受け入れてしまうのならば、有島を待っているのは死ぬまでつづく黄色人種コンプレックスでしかありません。そこにはなんらかの解決が望見されてしかるべきでしょう。

修論「日本文明の発展」によれば、原始日本人は主として「三つの大きな人種の流れ」、つまりアジア大陸からやってきたモンゴル人種と、オーストラリアの群島から到来してモンゴル人種を征服することになったアーリア人種から成り立っています。初代天皇である神武天皇はアーリア人種に分類されます。

このような日本人＝アーリア人種の認識そのものは、有島も参考文献に挙げている竹越与三郎、また田口卯吉といった当時の歴史学者を筆頭に、日露戦争前後にさかんに喧伝されたもので、有島固有の見解とはいえません。

ただ、「日本民族の祖先は単一民族であり得るはずがない」と明言されているのは正確におさえておくべきことです。征服されたはずのモンゴル人種はそれで命脈が断たれたのではなく、「その文明の所産である多くの技術が残っており、征服者の文明と混ざり合っている。したがって、二つの文明が共存している」と有島は述べます。

日本人は、たくさんの人種と共にあります。モンゴル系やアイヌ系の文明と同化しながら発展していったという歴史に関しては、「知力と肉体的条件がそれ程異なっていない人種の混合The mixture of racesは、社会の進歩のもっとも重要な要因の一つ」と評価され、中国からの仏教の受け入れに摩擦が生じる五三九年から五七一年での議論では、祖先崇拝というかたちで温存するその保守性を、「分離できないアマルガム」と形容します。平安時代までくれば、「あらゆる思想が、国内のものも外国のものもお互いに混合してintermixed、もはや分離することのできないアマルガムになった」といいます。

キーワードはもうお分かりでしょう。共存、混合、アマルガム、つまり混じり合うことです。有島は小説家になるずっと前から、日本文化が外国との混淆《こんこう》のなかで成立していることに自覚的でした。

対照と統一

ギヨーは大地と人間の根本法則を、対照と統一に求めていました。

対照とは、地球という全体のなかで繰り広げられる部分的な差異のことを指します。主要なものでいえば、土地(陸)と水(海)の対照、旧世界(ヨーロッパ、アジア、アフリカ)と新世界(アメリカ)の対照、北の三大陸と南の三大陸の対照、という三つがそうです。

これは「差異の法則」とも呼ばれ、人間の活動力がぞんぶんに発揮されるダイナミズムを生み出します。単に全体の調和があればいいのではありません。人間にとって自然は障害物でありうるものの、それによってこそ障害物を乗り越えようと挑む動きも生まれるのだ、という逆説がポイントです。ですから、「自然の秩序における対照の法則とは精神的秩序における愛の法則」だともいわれます。自然を精神(愛)で統べるわけです。

ここから必然的に統一の契機がでてきます。単に対照(差異)を繰り広げるだけでなく、その差は全体的調和のなかで位置づけられねばなりません。ギヨーは重要な箇所で unity や union という言葉を高い頻度で用いるのですが、実はそれを先導するのが、宗教的地理学の面目躍如、キリスト教なのです。ギヨーが「同じ神の法則のもと、地球のすべての民族はスピリットにおいて同じ信仰の結束によってともに統一しなければなりません」と述べるとき、念頭におかれているのは精神性の高い白人種たちがもっているキリスト教信仰にほかなりません。

覚えているでしょうか。有島はギヨーの「信仰と科学の統一体」をエピグラフとして引用していました。信仰と科学、つまりキリスト教と地理学は、対照をなしつつ統一されることでより高次のものに至る。この図式はそのままギヨーの対照と統一の法則に当てはまります。引用された短いセンテンスには、ギヨーの宗教的地理学の核心をなすアイディアがつづめられていたのです。

統一から混一へ?

繰り返しになりますが、ギヨーの白人種至上主義的な立論を有島がそのままのかたちで受け入れていたとは思えません。日本人の混合性に関する考察は間接的にそれを示しています。

ギヨー的統一とは、すべてが同じになることを意味しません。特に物理的次元ではそうです。各人が適切な場所に陣取り、分相応な役割を果たして、調和的全体を実現させることに劇の完成があります。ギヨーは演劇の比喩で地理学を語っていたわけですが、期待される部分＝役目(part)は地域、厳密にいうと大陸によって、さらには人種によって、異なるのです。

有島的混合には、そんな役割分担を破綻させかねない危険があります。孤立した人種などというものはありえず、ミックスとミックスのミックスからなる坩堝《るつぼ》のなかで、ある人種の文明が発展していくのならば、混血がただちに「世界人」(内村鑑三)になるはずだからです。望見されるのは、統一ならぬ混一の理想郷です。

かつて世界を支配したアレクサンドロス大王は、当時蔑視されていた東洋人(ペルシア人)の女性とみずから結婚し、それにならわせる仕方で集団結婚による民族融和をはかりました。その背後には、民族的分断を乗り越えて一つの帝国を築き上げようとする政治的目標があり、そこで頼りになるのが、混ざって区別がつかなくなる融和の契機だったのです。

ギヨーにしても、この混ざる力を無視していたわけではありません。ギヨーは新世界(アメリカ)を文明化の歴史を完成させる人類の最終地として高く評価するのですが、それは陸の風土と海の風土が混じり合い、交通盛んであるために、様々な要素が寄せ集まった豊かな調和が動的に実現しうるからでした。ただそれ以上に、有島にとって混合性がいっそう重みづけられていたのは、『迷路』の混血児に希望を見出していく筋立てによって推察できます。

希望としての混血

想像過多な混血児への同情とともに一度は自らの責任を否認したAは、しかし、老人から承認された小事件を経て、「父といふ僕の本能」に目覚めたという理由で「その子を僕に与へて下さい」と、一転した態度でP夫人に迫ります。

Aの自意識とは別に、ここには、血の混合を繰り返すことで、差別と被差別の固定された人種の序列を無化しようとする、ねじれた未来像への理想が活きているようにみえます。誰もが混血になることで、個人は地／血の軛を超えて初めてただの「どの階級にも属しない真裸かな人間」になれる、そういう期待です。これは政治狂の老人と出会ったあとAが自分自身にいいきかせる言葉です。

いろいろな国からやってきた、いろいろなものが混ざり合って、すべてがすべてと等しくなった世界。このような理想郷が果たして実現可能か。正直いえば、はなはだ怪しいところです。みながみな混血になったとして、そこでもやはり血のパーセンテージによって文化的に優位の混血と劣位の混血が固定的に信憑されてしまうのではないか。最終的に血統が気にならないほどこんぐらがるにしても、その拡散の過程においては、純血の神話が幅を利かすのではないか。

透明な水にインクをぽたんと一滴落とすと、薄く広がって、やがてまんべんなく均一に混ざった色水ができますが、それはだんだんに進行するのです。瞬間的にはできません。砂糖水が欲しいのなら砂糖が溶けるまで待たねばなりません。中途半端な諸段階があるのです。段階とさえ区切れない微妙な移り変わりがあるのです。

ただし、その発想が、最初に触れた、様々な場所が混じり合って実現されるだろう芸術鑑賞における「一つのミリウ」の未来観とたしかに連続していることには、きちんと留意しておくべきでしょう。逆にいえば、「一つのミリウ」の前史には、地域や人種というかたちで宿命を押しつけてくる宗教的地理学との積年の格闘があったのです。有島の闘いは、日本に帰ってきてからも終わることはありませんでした。

第三章　愛と伝統主義

『白樺』誕生

明治四〇年、有島は、クロポトキンはもちろんのこと海外で学んだ様々な自由思想を胸に秘め帰国します。なかでも、アメリカの詩人、ウォルト・ホイットマンの詩集『草の葉』を購入したことは決定的です。ホイットマンが掲げた「ローファー」(放浪的自由人)は有島的理想の原形にもなっています。小説発表とほぼ足並みをそろえて刊行されていく『有島武郎著作集』のエピグラフにも毎度のようにホイットマンの詩句が用いられました。

ただし、有島を直接待っていたのは、自由とはほど遠い、長男として有島家を継ぐ重圧でした。新渡戸稲造の姪である河野信子との結婚を父に反対されて挫折を味わった翌々年、神尾安子という女性を妻としてむかえいれます。

女中との恋愛事件が起こり、やはり父親との不和を抱えていた志賀直哉。もとは弟の生馬の親友である彼と出会ったのもこの頃でした。有島は、志賀の父(直温)との面談の機会をもうけてみるも、結婚に関する説得は失敗に終わってしまいました。

右から妻・安子，武郎，母・幸子，父・武
（明治 43 年）

不幸中の幸いというべきか、後続する武者小路実篤との交流をふくめて、彼ら若き作家の卵たちとの出会いは、有島自身の文学者への望みをはぐくんでいったようにみえます。明治四三年四月、学習院の縁故を中心に集った同人雑誌『白樺』が創刊され、ちょっとした兄貴分として有島も参加しました。志賀は明治一六年生まれ、武者小路は一八年生まれですから、一一年生まれの有島は同人たちのあいだでも少し年齢的にずれた書き手でした。

以降、有島の初期作は、この媒体を通じて発表されます。外国作品の翻案を除けば、最初に掲載された有島の第一作は評論「二つの道」になりました。どのような人生であれ、あっちかこっちか、二者択一に迷わざるをえない相対性不可避の宿命を嘆いたこの評論は、有島の以降の評論作品の通底音となる、二元の矛盾と一元への憧憬《しょうけい》というテーマをいち早く言語化しています。

二重の難儀

有島はこの続篇として「も一度「二の道」に就て」を発表します。これが思わぬ反応を呼び寄せました。すでに小説『耽溺』を発表し、やがて日本の自然主義文学のなかでユニークな位置を占めることになっていく岩野泡鳴による批判です。

第一評論も第二評論も、どちらも安住できる絶対性の喪失という主題を扱っていますが、第二評論では、とりわけ、のちにより大々的に展開される有島の「個性」論が早くも披瀝《ひれき》されていることが注目されます。

人間が相対的な世界に住んでいるということは、最終地点＝決着が存在しないということです。言い換えれば、人間の生活は「環」のかたちをなし、これが正解だ、と確信しても、はて本当かな、といつも問いの循環が始まってしまい、ぐるぐるとさまよわねばなりません。哲学や宗教は、これが正解である、と偉そうに諭してきますが、信用できるかといえば疑問です。

というのも、一般的に正しいことであっても、それが絶対であるには、この私にとって、つまり「個性」にとって絶対という一致が必須で、個性の担い手が代わってしまえば、必然、正解も変わらなくてはならないからです。正解を見つけ出すだけでも難儀なのに、その正解が自分自身に合っているかどうかもテストされねばならない、いわば二重の難儀を抱えているのです。

同じ頃、有島は札幌独立基督教会から退会して、信仰を棄てています。『リビングストン伝』序言を再びひらいてみれば、説かれる教義内容への疑問とともに、日露戦争のなかで「基督教国対異教国」の対立図式が全面化し、その普遍的な愛の精神がしょせん建前でしかないことに失望したと書いています。「基督の血は彼等の何所に流れてゐるのだらう。基督の心は彼等の何所に通つてゐるのだらう」。宗教の教えは血縁や地縁には勝てないのかもしれない。そんな不安を感じていただろう書き手が新しく拠りどころとして見出すのが、赤裸の個人に宿る個性なのです。

有島は、個人をつかさどる固い核のごとき個性を「我々各個は大小上下はあれ、兎《と》に角一個他と混淆する事の出来ぬ、個性を稟《う》けて生れて来て居る」と、あたかも先天的に分配されたもののように説明しています。そして、相対性のなかで生じる軋轢《あつれき》や矛盾に直面しながらも、自己の宝である「個性」に立ち返って、それらを引き受け、ときに果敢に戦っていくことを勧めるのです。

泡鳴との鍔迫り合い

こういった論旨の末尾で、有島はやや唐突に、文学を筆頭とした芸術における主義《イズム》の不毛さに触れます。つまり、作家の「個性」が唯一無二のものならば、「芸術の第一義」とは「自己の勢力、自己の確立、自己の発揮」であって、主義や派といった集団的なくくり方は愚の骨頂である、というのです。

岩野泡鳴は正しくここに噛みつきます。明治三九年以来、泡鳴は「神秘的半獣主義」や「新自然主義」というキャッチコピーのもとに文壇で自分自身のポジションを確立させようと、あくせくしていました。そんなおり、主義など贅言《ぜいげん》だ、とでもいわんばかりの感想が出たとすれば、いい気がしないのも当然というもの。同年のエッセイ「断片語」のなかで泡鳴は、「芸術上の主義といふものを党派的もしくは団体的な制裁」と捉える誤ちを犯しているとして、有島の主義理解を斥けています。泡鳴がいう「本統の主義者」とは、「主義と人格とがよく一致」

している独創的なものなのです。

泡鳴の批判が大事だと思うのは、有島が無前提に採用していた自己（個性）表現としての芸術、という芸術観に反省を投げかけているところにあります。泡鳴にとって、芸術家はなんらかの主義に属しています。その前提を無視して、たとえば主義無用論を唱えだす輩は、自らを拘束する制約への無自覚を吐露しているにすぎません。「自づから主義を有しながら人の主義主張を無用視するものは、耳を押さへて鈴を盗むと同じ」なのです。チリンチリンいってるのに抜き足差し足しているわけです。

岩野泡鳴（朝日新聞社提供）

有島は翌年発表された「泡鳴氏への返事」で、泡鳴に対し、その独自定義された「主義」なるものが、人格との一致というあまりに茫漠《ぼうばく》とした点を衝《つ》いて、その個人的立場をわざわざ「主義」の名で呼ぶ必要はないのではないか、と応答しています。両者のやりとりはいったんここで終わります。

泡鳴再来と愛の理論

けれども、火種はくすぶっていました。大正六年の一一月、泡鳴は「有島武郎氏の愛と芸術論」を発表し、再び有島批判を展開します。これは同年に公になっていた有島の一連の評論文、「惜しみなく愛は奪ふ」(長篇として書き直される前の短文)や「芸術を生む胎」などで扱われた「愛」に関する議論を批判した文章になっています。

泡鳴が有島に執着したのは、七年前の因縁もさることながら、有島が書簡体小説『平凡人の手紙』のなかで、自然主義的な作風を反映させた泡鳴の短篇『冷たい月』を肯定的に評する批評家・前田晁《あきら》に疑問を投げかけていたのが面白くなかったのかもしれません。ややこしいですが、ある小説を褒める批評家を貶す小説は、直接的な痛罵以上に挑発的に響くことがあるものです。

有島は一連の評論文で、愛とは一般に人にほどこしを与える慎み深いものだと思われているが、そのじつ、他を摂取し、外界を自らに同化することで個性をより豊かにしようとする激しい奪取の力である、と論じています。

たとえば、ある人を愛するとき、その人が目の前にいないときでも、あの表情とても可愛かったな、と何度も頭のなかで反芻《はんすう》したり、こんなプレゼントをあげたらすごい喜んでくれるかも、と未来への期待を豊かなイメージとともに飾り立てたりします。これは、たとえ表面上では与えるような振る舞いをしていても、本質的には、その人を元手にして自分の世界を目一杯膨らませる、奪う行為に等しいのです。

そんな心の富者は、破裂寸前の自分の想いを吐き出すかのように、愛の対象を想いながら小説を書いてみたり、詩を諳《そら》んじてみたり、彫刻を彫ってみたり、絵を描いてみたりして自己満足を得ます。まさしく、この自己中心性、愛己を動機づけにした第一の営みこそ、有島にとって芸術の名にふさわしいものなのです。これは客観的に同定された「真」とは違う、主観的なリアリティを体現するものとして存在します。愛と真はここでは対立関係にあります。

この主張が「二つの道」の延長線にあることは見やすいでしょう。哲学や宗教が教える正解は、それ自体発見するのが難しいだけでなく、個性と一致するかどうかで効用が決まるという二重の難儀を抱えていました。有島はこの難問を、個性の側の見方に一気に転倒することで、錯綜だらけの外界を、愛の力を介し自己の豊かさへと変換する芸術のエネルギー源として見出したのです。外界の側から個性に押しつけられてくるのが「真」であるとしたら、個性の側から外界を奪ってくるのが「愛」なのです。

泡鳴の愛

簡単にいえば、泡鳴は、この愛と真の分割に不満がありました。

泡鳴は、自分が主宰する雑誌『日本主義』のなかで独自の「愛」論、愛とは他を征服するものである、という主張を展開していました。個人として覚醒した男女は、習慣的な結婚生活に満足せず、生の刹那《せつな》的な燃焼を求めます。男と女、食うか食われるか、ここに愛の本質がある。ご推察のとおり、このような思想が、有島の「愛」論、つまりは一見、利他主義(与えること)にみえる行為にさえその根本の動機には自己愛があるという主張と共鳴していることは明らかです。

ただし、泡鳴は「その愛と真とを対立させて考へたのは、理想主義若しくは人道主義と自然主義とを暗に区別して、ほんの、あり来たりの概念論で以つて前者を取り、後者の捨てるべきを主張した所以《ゆえん》であらう」と述べることで、有島の「愛」論を、かつて有島が斥けていた主義の問題に連れ戻します。

　背後には、理想主義的だと揶揄されていた白樺派と、現実の悲惨もありのままにうつす自然主義との党派的な対立もありました。『白樺』を逆から読んでバカラシと呼称する有名な言葉遊びのエピソードが示すように、働く必要のない裕福な家に生まれた青年たちの文学は、現実の酸いも甘いも噛み分けた(と自称する)文学者からみれば、浮ついた夢物語にみえたことでしょう。のちに有島は評論「芸術製作の解放」のなかで、大家から離れて出発した「お坊ちゃん」の白樺派を「処女地を汗水たらして掘起し始めた。そこの土は堅かつた。雑草は茂り放題に茂つてゐた。而して折角下ろした種子は屢《しばしば》失敗に終つた」「開拓者」になぞらえていますが、武者小路を筆頭にした新進はその後、芥川龍之介による「文壇の天窓を開け放つて、爽な空気を入れた」というよく知られる評価に結ばれるのです。

泡鳴は愛と真の一体性を説きましたが、それ以上に興味深いのは、有島の理解を「外国人的標準の概括論」としてくくっている点です。

泡鳴は「外国模倣的」知識人を、「わが国の自覚したと称する無自覚者どもは、個性の解放を直ちに国家自然の内的制限外に持つて行けるものと空想し」、「個性ある人類若しくは人間は全く無国籍になつても存在できると考へ込んでる」と批判します。泡鳴にとって有島は外人きどりの鼻持ちならない奴にほかなりません。「個性を研め深めて行けば行くほどその人間はその持つて生れた伝統を実生活的に離れられぬことが分るのである」。

ふたたび、自覚/無自覚の問題が浮上していることに注意してください。泡鳴は無条件に前提にされる「自己」や「個性」といった言葉を知識人が内容空疎に振り回すさまに我慢なりません。自覚できないだけで、そこには「伝統」や「国籍」がつきまとっているじゃないか。彼はあいかわらず七年前のつづきをやっているのです。

環境との化合物

泡鳴がいいたいことも理解できなくはありません。有島の芸術論にはどこか地に足のつかない言葉の空転を感じるときがあります。「芸術を生む胎」で有島は次のように述べていました。

ある者は自己以外の環境を対象として自己を表現しようと試みる。彼の個性は其個性と有機的な交渉を持たない環境と甚しく乱雑に混淆する。所謂事業家とか、道学者とか politician

とか、社交家とか云はれるもの〻生活は則ちそれだ。彼等は自己を散漫に外物に対して放射する。而して彼等の個性は段々擦へらされて行き乍《なが》ら、其跡に環境と個性との奇怪な化合物を残滓として残す。その個性は已然の個性と将然の個性との連絡となる事なく、雑然として人生の衢《ちまた》に瓦礫の如くころがつてゐる。（有島武郎「芸術を生む胎」、『新潮』、大正六年一〇月）

これはよくない表現者の例示です。愛は外界を介して個性を豊かにするもの、外から内へと帰還（奪取）してくるものだったはずなのに、ここでは帰って来ることを忘れ、ただただ外のものばかりに目移りしています。自分がいないのです。そのような状態で作品をこしらえても、純粋な自己表現はかないません。外界に汚染されて「奇怪な化合物」が残るだけなのです。

この文章の後段では、個性中心の芸術の普遍性へと話を大きくふくらませ、「芸術はその窮極に於てます〳〵人類的となつて行かねばならぬ運命にある。郷土、人種、風俗などの桎梏《しっこく》から逃れ出で、人間の心に共通な愛の端的な表現となるべき運命にある」と、もろもろのローカルな拘束から解放される理想を説きます。「伝統主義といふやうなものに芸術上多くの期待と牽引とを感ずる事が出来ぬ」という感想もここからでてきます。

外界に邪魔されない純粋な自己表現という有島の理想が、少なくとも言葉の上で、ここでしっかりと示されていることは、どんなに強調しても、しすぎるということはありません。なにせ、地域や人種の差で人間集団がどれほどかけ離れた存在になってしまうのか、敵対的になってしまうのか、身をもって学んだのは有島自身なのですから。この言葉を反証する現実など百も承知のはず。それでも、そう、たとえ空語だったとしても、希望の未来をあえぐようにして語らずにはいられなかったところに、彼の譲れない一線があったはずです。芸術はかくして、宗教も科学も斥けた有島最後の頼みの綱になったのです。

日本主義と伝統

伝統を大事とする泡鳴の立論は、彼自身が創刊者である発表の媒体名に明らかなように、その日本主義を背景としていました。

評論家の高山樗牛《ちょぎゅう》は、明治三〇年代に、外来の宗教への批判を皮切りにして、日本の独立した国家精神を求める日本主義を唱えました。この衣鉢を継ぐようにして、泡鳴は、強き者が生き弱き者は死すべきという弱肉強食の論理でもって、国家主義と個人主義を奇妙に両立させた立論を組み立てます。

この観点にあって、「国家民族を離れて空想的に人類若くは個人を取り扱はうとする種類の個人主義、世界主義、社会主義」などは否定されねばなりません。やがて『日本主義』に改題される『新日本主義』創刊号の巻頭言(「宣言」)から引用しました。泡鳴からみれば有島は空想的なコスモポリタンにすぎなかったのでしょう。

有島批判文のなかでぜひ読めと自薦されている泡鳴の論文「伝統と僕等の日本主義」でもやはり、「現存する国家の一員として覚醒した者にはその自己にその国、その民族の伝統が血となり熱となつて生きてるのが発見される」と、空疎に措定される「自己」概念の抽象性がやっつけられています。

対する有島は、応答文「岩野泡鳴氏に」を書き、伝統主義を一蹴します。「伝統が人間を創つたのではなく、人間が伝統を創つたのだ」として、その原動力にふたたび「愛」の存在を求めるのです。有島は愛を、国境や民族に従属しない普遍的な個性の力として認め、それらをあくまでもつっぱねるのです。

外界から独立した自己表現に自由の望みをたくす有島と、外界の伝統があって初めて自己が成り立つのだとする泡鳴。愛（個性）と真（外界）を峻別して前者を選ぶ有島と、両者は徹底のすえに一つになれるのだと説く泡鳴。泡鳴の批判は、単なる派閥の代理戦争などではなく、結果的には、有島が四苦八苦のすえ見出した頼りない拠りどころに鋭い棘を深く刺していたように思われます。

『動かぬ時計』を読む

この観点で興味深いのが、有島の短篇小説『動かぬ時計』でしょう。泡鳴との論争が終わった直後の大正七年一月に発表されました。

大学卒業後欧州へ留学し、帰国後は国家学の泰斗として長らく活躍してきたR教授は、後継者であるB助教授と一緒に共同論文を準備します。ですが、かつて懇意にしていたけれども現在はライバル関係にある若手のC博士によってその論文の決定的な誤りを指摘され、Rは自分の時代遅れをまざまざと突きつけられます。タイトルの「動かぬ時計」とは、R教授がかつて留学先で購入したマリー・アントワネットの寝殿にあったというわくつきの置時計のことで、彼は失意のなか、書斎にあったその時計がまた動き出すのではないかと期待するのですが、まるでR教授自身の人生を予示するかのように、時計は微動だにしません。

なぜこんな小説をとりあげるかというと、このR教授という登場人物は、日本的政治の「伝統」を尊重する学者として造形されているからです。

元々、彼は留学先で「スタイン」、つまりはローレンツ・フォン・シュタインの「国家学」に出会って大きな衝撃を受けます。シュタイン国家学は、現実の近代日本にとっても伊藤博文を介して明治憲政に大きな影響を与えたことで有名です。当時の知識人や政治家はこぞってシュタインのもとを訪れ、その様子は「スタイン詣で」と形容されもしました。

Rにとってシュタイン国家学はあらゆる政治学説のなかでもっとも理屈の通ったものと思われましたが、残念なことに「その学説が本国の伝承した長い伝統と、その当時の政治的勢力の意向とには全然駢馳し得ないものである事」に気づきます。つまり、シュタインをきちんと日本に持ち帰るには、日本の歴史の方を大きく変えねばなりません。呻吟《しんぎん》のすえRは全面的な受容ではなく「伝統」を尊重する歪んだ受け取り方を選びます。

彼れの習性となるまでに強く深い幾千年かに亙《わた》る伝統的精神が最後の勝利を占めた。彼れは思つた。学説といふものは畢竟歴史の所産でなければならぬ。歴史を超越しては一つの考察ですら可能であり得ない。歴史を撥無《はつむ》して人間本来の要求を充足する思想があるなどと考へるのは衒学者《げんがくしゃ》の空想に過ぎない。空想は甘い。然し実質のない甘さは、畢竟するに詩人の食物だ。そんな事に耽るのは学者の恥ぢねばならぬ事だ。（有島武郎『動かぬ時計』、『中央公論』、大正七年一月）

老学者に変形する

このような言葉の裏に、泡鳴による有島批判のこだまを聴くことは、おそらく大きく間違ってはいないでしょう。伝統主義者は、国の歴史を尊びます。そんなものは無視できるのだ、と豪語する輩は、しょせん「衒学者の空想」や「詩人の食物」を糧に夢中の世界に住んでいるにすぎません。これは、泡鳴が有島をふくめたコスモポリタンに向けた伝統軽視への批判と同型のものです。

ここで述べられている日本の「歴史」や「伝統」が具体的に何を指すのかについて、本文では明らかになっていません。日本の歴史が念頭に置かれているのですから、天皇制の可能性が濃厚ですが、断言はされてません。

ただ、いずれにせよR教授の考え方は、現実のシュタイン自身も賛同するものでした。というのも、法を国民精神の発露と捉えていたシュタインは、日本からの参拝者たちに国家学を授けた講義のなかで、日本の国制は政治、風俗、法律、経済の歴史にフィットしたものでなくてはならない、と説いていたからです。天皇制についても、その学説のなかでは、君主とは国家の一機関でしかない、いわゆる天皇機関説を推していました。

小説のなかで老学者は、葛藤のすえ外国の学説よりも自国の歴史を優先させたことになっています。これによって彼は、出自の異なる学問と慣れ親しんだ伝統を我が身で引き受け「異体同心」を生きた、とさえ説明されます。

それと同時に、あたかも日本の政治事情を優先させて学説を歪めた罰であるかのように、彼は大きなしっぺ返しを食らうことにもなりました。つまり、留学から帰ってきたばかりのまだ若いC博士によって、立憲制度を故意に破る内閣の根底にはR教授の思想があるのだ、と批判されることで、学界での世代交代が突きつけられるのです。

生々主義の末路

R教授の造形には、泡鳴の主張が紛れこんでいるようにみえます。自己の存在も国のかたちも、それらに先立つ伝統の土台があって初めて成り立ち、しかも、その伝統とは各国によって違うのだ、というものです。

泡鳴の日本主義には、無節操と思えるほどの様々な思潮の摂取が読みとれるのですが、そのなかでも神道を参照することで舶来のものに邪魔されない純粋な日本精神を自説にとりこもうとしていたことは見逃せません。

有島も大正五年一〇月二一日に読了した記録が残っている、泡鳴『筧博士の古神道大義』によれば、神道の本質は、死を遠ざけてただただ生を重んずる「生々主義」にあります。日本国民はこれによって優勝劣敗の論理のなかに飛び込み、「弱劣者は絶えず優強者に併呑《へいどん》されてる」ことを学びます。ここに個人主義と国家主義が両立する「個人主義的国家主義」の成立がある、と泡鳴はいいます。

R教授も、自分の生を学問と伝統に託すことで、個人と国家を一致させる強大な力を学界において得ていました。ですが、『動かぬ時計』が暴いているのは、そのような強者もまた時を経るにつれ、死や老いという生命体としての限界に直面し、外国の教養を身につけた新人に乗り越えられ、国家の歴史から脱落していくという泡鳴哲学の急所でした。

伝統が人間をつくると考えていたのがR教授ならば、C博士とは人間が伝統をつくると考えていた学者だったのかもしれません。いうまでもなく、伝統主義者が敗北していくこの筋立てには、泡鳴との格闘のなかでもあくまで個性や愛の普遍的な力を信じる有島の自侍《じじ》がこめられているでしょう。

第四章

海と資本主義

第一節　大洋に揉まれて

日本人からロシア人へ

明治四〇年から大正七年まで。初期有島から中期有島まで。泡鳴との論争を追いたいがために、少しばかり駆け足になりすぎたかもしれません。明治四一年七月二九日、札幌の旅館で出会った一五歳くらいの見知らぬ少女にいきなりキスをした、という現代ならばただちに両手にお縄な、なまあたたかいエピソードなどに脇見しながら進んでも、そう罰は当たらなかったでしょう。とはいえ、なにより有島の不安と希望の拮抗は、フィクションを構築するなかでこそ試されてきたように思います。これを抜きに有島を語ることはできません。

有島が初めて世に問うた小説は『かん〳〵虫』です。明治四三年一〇月、『白樺』に発表されました。

かんかん虫とは、船についた錆《さび》を工具で落としていく下級労働者の俗称です。黒海沿岸、ドゥニパー湾はケルソン港を舞台に、ロシア人労働者たちの復讐譚が繰り広げられます。イフヒムという「虫」が船会社の会計係である「人間」ペトニコフに自分の恋人をとられ激昂し、暴力で仕返しをするのですが、それを見ていた仲間の「虫」たちは、誰も警察の取り調べでそのことを漏らしはしないのです。労働者同士の連帯がここに読み取れます。

ロシアの小説家、マクシム・ゴーリキーに影響を受け、印象派風の風景描写が記憶に残るこの小説は、草稿と決定稿のあいだで大きな異同があります。決定稿では外国が舞台となっていますが、留学中に書かれたとされるこの小説はもともと「合棒」と名づけられていたらしく、残された草稿によれば、舞台は横浜港、イフヒムは富、ペトニコフは蓮田、といったぐあいに日本人の名があてがわれています。話の筋が大きく変わるわけではありませんが、これは大きな改変です。

削除された「人類の進化史」

仕返しに先立つ前日譚の説明は、娘の幸せを願ってなくなくペトニコフの申し出を受け入れた父・イリイッチが、新入りの「私」に物語るという体裁をとっています。イリイッチは草稿では吉という名をあてられています。彼の登場シーンを新旧でちょっと並べてみましょう。

彼れの名はヤコフ、イリイッチと云つて、身体の出来が人並外れて大きい、容貌《かおつき》は謂《い》はゞカザン寺院の縁日で売る火難盗賊除けの護符のペテロの画像見た様で、太い眉の下に上睫《うわまぶた》の一直線になつた大きな眼が二ツ、夫れに挟まれて、不規則な小亜細亜特有な鋭からぬ鼻、大きな稍しまりのない口の周囲には、小児の幼毛の様な髯が生ひ茂つて居る。下顎の大きな、顴《かん》骨《こつ》の高い、耳と額との勝れて小さい、譬《たと》へて見れば、古道具屋の店頭の様な感じのする、調和の外れた面構へであるが、夫れが不思議にも一種の吸引力を持つて居る。（有島武郎『かんかん虫』、決定稿版、『白樺』、明治四三年一〇月）

彼れの名は吉と云ふ、一週間程前からの兄弟分である、見上げる様な体格で、凡《すべ》ての出来が常人外れて大きい、太い眉の下に武者絵のゝ様な眼が二つ、夫れに挟まれて不規則な朶《たぼ》のはみ出した鼻、切目の長い薄い唇、虎の夫れの様な下顎、顴骨が高々と聳えて、額は剝つて取つた如く、耳だけは勝れて小さい、譬へて見れば古道具屋の店頭の様な、雑然たる感触を呼び起すのである、若し人の顔を読み得る者ならば、彼れのには人類の進化史が振仮名附きで

書いてある。（有島武郎「かん〳〵虫」、草稿版）

どうでしょうか。語られている内容自体はほとんど変わりばえしません。「武者絵」が「ペテロの画像」に変更されている点などは、少しおかしみを誘いますが、日本人からロシア人へ、うまく移し替えているといっていいのではないでしょうか。

焦点化してみたいのは、草稿では男の不調和な面構えのなかに「人類の進化史」を読んでいるのに対して、決定稿では調和がないことは同じであっても、それがぼかされて書き直されているということです。

「古道具屋の店頭」

日本人である吉の顔のなかに「人類の進化史」を読む視点が草稿にはありましたが、決定稿ではそれが消えています。

かつて人相学（観相学）という疑似科学がありました。古くはアリストテレスにまで遡るこの学問は、外面的な容貌と精神的特性の結びつきを追究し、これの類型化を目指しました。有島が愛したホイットマンの詩には顔への注視というモチーフがよく出てくるのですが、その背後には骨相学という顔が心の動きを表すという思想があったのでは、と指摘されることがあります。『草の葉』の出版社は骨相学の出版社としても有名だったといいます。

厄介なことにこの学問は、一八世紀以降、骨格の測定の数値的比較などを介して、より科学的な洗練を遂げ——た、と喧伝されることで——、人種差別の根拠として利用されてきた歴史があります。ひらたくいえば、類人猿から人類へ、という進化論的な見立てのもと、サルの顔との近さで人種の優劣が決まるという見解を補強するものとして利用されてきたのです。多くの場合、サルに近いのは黒人や未開人で、高等なのはやはり白人です。

ところで、有島は修論で単一民族説を否定していました。単一性が否定されるということは、複数の民族がその文化とともに混ざり合いながら成り立っていたことを予感させるものです。度のすぎた深読みは慎むべきでしょうが、「人類の進化史」を日本人登場人物の顔に読むとき、有島はその雑種性を思い返していたのかもしれません。日本人の顔は人類史に登場した様々な人種のパッチワークであるといわんばかりに。

では、設定をロシア人に変更したことで、その雑種性は回避されたのでしょうか。そうともいえません。なぜならば、「古道具屋の店頭の様な」不調和、雑然さはほとんど同じだからです。「振仮名」ほど分かりやすくはないにしても、どんな顔にも「人類の進化史」があるのかもしれない。この書き換えには、人類みな混合的、という普遍への視線が陰ながら活きているようにもみえます。

ですから、草稿には対応するものがない決定稿で構えられた新たな冒頭部は印象派風という以上にとても象徴的なものに仕上がっています。

ドゥニパー湾の水は、照り続く八月の熱で煮え立つて、凡ての濁つた複色の彩は影を潜め、モネーの画に見る様な、強烈な単色ばかりが、海と空と船と人とを、めまぐるしい迄《まで》にあざやかに染めて、其の凡てを真夏の光が、押し包む様に射して居る、丁度昼弁当時《どき》で太陽は最頂、物の影が煎《い》りつく様に小さく濃く、夫れを見てすら、ぎら〳〵と眼が痛む程の暑さであつた。（有島武郎『かんかん虫』、『白樺』、明治四三年一〇月）

隠れたる「複色」

陽の光の下での原色に圧されて「濁つた複色の彩」が後景に退きます。しかし、それでもって「複色」がなくなったというべきではありません。光量や眺める角度のかげんで、なくなっているように見えるだけです。

実際、イリイッチは前日譚を説明している途中、「おい、も少し其方《そっち》い寄んねえ、己りやまるで日向に出ちやつた」と「私」に移動を促します。語りながら、時間が経過したため、陰だった場所が日向になったのです。直前、西へ動いていく星を見えなくなるまで眺めていたら朝になっていたという間抜けな小話を披露していたイリイッチがどれくらい自覚していたかどうかは疑問ですが、ここで暗示されているのは、地球とは自転するものであるという大地の理です。言い換えれば、太陽の位置が移動することで、日／影の分配のありようもまた変わっていくのです。

地球の上で生きるということは、過ぎていく時間のなかで、にもかかわらず、ある周期で反復していく自然のなかで生きるということを意味します。回転によって回帰します。それと同じように、「複色の彩」も「影を潜め」ているだけで、時が移れば別の映え方のもとで再来するかもしれないのです。

複数の色の混合。人種のことでしょうか。国家のことでしょうか。それとも個人のことでしょうか。作中にあって、この暗示が深いのは、同質的な集団にみえる「かん〳〵虫」連中にも、齟齬を生じさせかねない緊張が走ることがあるからです。イリイッチは物語をはじめる前に「私」に対して「お前つちは字を読むだらう」と、識字力《リテラシー》の有無を確認します。下級労働者にとって字が読めるかどうかは自明のことではなく、実際、イリイッチによればイフヒムは字が読めません。

識字力は話の本筋にあってはさしたる重みをもちませんが、イリイッチがもっているだろう「私」への警戒心を洞察させるには十分です。そもそもご丁寧に前日譚を説明するのも、点検のため船にやってくるペトニコフに対してイフヒムが復讐するだろうという見立てのもと、みなでイフヒムをかばおうとする意図に由来します。「宜いか、生じつか何んとか云つて見ろ、生命は無えから」と脅迫めいた言葉で「私」に詰め寄るイリイッチには、目の前の識字者が自分たちを裏切る「探偵《めあかし》」ではないかという猜疑心があるのです。

教養の陥穽

ここには二つの問題が横たわっています。一つは、同じ人種、同じ地域の生まれであっても、教養の差で簡単に分断が生じてしまうということ。いえ、正確にいえば、実際の分断が生じる前に、先立つ不信用でもって同質的な集団と異質な他者という認識の枠組みができてしまうということです。

後年、有島は「宣言一つ」で、恵まれた生まれの自分が——そしてそれに類するだろう知識人たちが——プロレタリアート解放の運動に安易に参加するべきではない、と主張します。その場合に有島がいう豊かさとは、カネや土地といった触れることのできる財産だけを指していたのではありません。「私は第四階級以外の階級に生れ、育ち、教育を受けた。だから私は第四階級に対しては無縁の衆生の一人である」というのは同評論を代表する有名な一節なのですが、そこでは、ある環境に生まれ落ち、そして「教育」を受けたことが、プロレタリアートとの懸隔の所以として説明されています。教育の機会、たとえば読字や書字の学習の機会もまた、あまねく一様に広がっているわけではないのです。

このようなことを考えた作家の処女小説がすでにして識字の緊張に貫かれていたということ

は、極めて暗示深いことです。出世作『カインの末裔』の主人公も「明盲《あきめくら》」、つまりは字が読めず、「農場でも漁場でも鉱山でも飯を食ふ為めにはさう云ふ紙の端に盲判を押さなければならない」という、契約書の中身をよく確認もせずに印を押す癖がありましたが、このことがやがて言葉を巧みに操れる同胞との決定的な溝をつくることになりました。

字が読めるだけで不信感を与えるというのは、あまりに前時代的すぎるでしょうか。いま一般的な水準で文字に不自由する人はたしかに多くないかもしれません。ですが、本を読んでいると馬鹿になる、という言い回しで、書物から遠ざけられた経験をもつ地方出身者は決して少なくないでしょう。教養は、ときに時間をただただ浪費する遊戯として、ときに現場の労働者に向かって偉そうに指図する傲慢として、いまもなおある種の人々にとって敵対的に現れるのです。

本が読めること、読んで楽しいと思えること、思ったことを言葉にできること、それらもまた一つの財産なのです。

アナーキズムの陥穽

もう一つは、労働者同士の美談とも語れる連帯の背後には、裏切り者を取り締まる私的暴力があるのかもしれない、という洞察です。それはときに私刑《リンチ》にまで高まるかもしれません。

このことは有島が学んだはずのクロポトキン的アナーキズムの急所を衝くものだといえましょう。というのも、国家に頼らない共同体が共有財産のもとで自立することを目指すアナーキズムは、必然、国家にあっては警察組織に頼っていた暴力のマネジメントも自前でまかなう必要がでてくるからです。

みずから働くことなく、みなの財産を食いつぶす夜郎自大のフリーライダーがでてきたら、どうしたらいいでしょう。彼を裁くための方法や手段は、どのように決めたらいいでしょう。きちんと公正に運営できるでしょうか。問題は山積みです。『パンの略取』でクロポトキンは、最低限の生産に寄与しない怠け者は共同体の外に追放すればそれでよく、彼らは自分に合う別の共同体のもとで暮らすので裁判官や警察力は無用だと主張します。ですが、どんなに科学技術が進んだとしても、様々な障害や病気や事故によってノルマを果たせない無能者が必ずや残ってしまうのではないでしょうか。どこでだってうとまれ、こづきまわされて、共同体のセーフティネットの網目から落っこちてしまう、ときに落っことされてしまうことが、なぜないといえるでしょう。

イリイッチは、いわゆる法律が「人間」専用にできていて、「虫」たちが等閑視されている――たとえば、カネで「虫」の女は自由にできる――ことに腹を立て、「人間が法律を作れりやあ、虫だつて作れる筈だ」という考えをもっていました。ついに、その日、念願の「虫の法律的制裁」(仕返し)が実行されたわけですが、その法なるものが、裁判の諸々の手続きを欠いた、「誰れが投げたのか、長方形のズク鉄《てつ》が飛んで行つて、其(ペトニコフの)頭蓋骨を破つた」という暴力の発露でしかなかったことには、アナーキズムが抱える困難が透かされているかのようです。

有島はアナーキズムに大きな共感を寄せていましたが、どこまで没入していたかは、いささか判断にためらわれます。特に晩年になると、マルクスとともにクロポトキンの理論的性格、頭でっかちに自身もろとも実際の労働者との懸隔を読みとります。また、創作のうえでも『酒狂』『或る施療患者』『骨』という自分の近くにいた無政府主義者をモデルにしたアナーキスト三部作を大正一二年に連続して発表していますが、いずれにも下層階級の連中からさえ除け者にされるねじれた視点を混ぜ込んでいます。どこかしら薄皮一枚隔てた距離があります。冷めた眼があります。

ことはアナーキズムに限りません。やっと到達した自分の理想にまるで自分で因縁をつけるかのように、どこからか差異を見つけ出してきて、不通の現実を暴いてしまうのです。わざわざ、といいたくなるくらい生真面目に連帯のほつれを見つけてくるのです。有島文学の魅力は、中途半端で優柔不断な、しかし緊張に貫かれたこの逡巡《しゅんじゅん》にあります。

第二節　「あいだ」ならぬところ

海の舞台

港から出発した有島文学は、以降も大海に囲まれた様々な物語を紡ぎだしていきました。有島文学にとって海の舞台は『生れ出づる悩み』を典型に、命を賭ける危険な世界として描かれます。『かんく虫』のアナーキーな世界観はもちろんのこと、これに先立つ戯曲『老船長の幻覚』にあっては、時化《しけ》のなかこれといった目的もないのに決死の覚悟で出航しようとする無謀な老船長が描かれます。病中の彼には様々な幻聴が聴こえ、なかでも、かつてその夫から奪い取った医師の娘の幻覚にそそのかされる恰好で、水夫長の制止も無視して船を出そうとするのです。

この戯曲には「海図《チャート》」と「両脚器《コンパス》」が小道具として指定されていますが、娘の幻は、目的地を測定しようとする老船長の「両脚器を海図の外に出」そうとします。海図に記されていない未踏の「彼方の海」へといざなうのです。ほとんど死の誘惑です。

あたかも土地を管理するかのように測定のすんだ海。向こう岸へ到着するための単なる通路として見出された海。『或る女』を読んだことのある人ならば、ヒロインの葉子と不倫関係をむすぶ倉地という登場人物が、金遣いのあらい葉子のために金策に追われ、船の事務長職に代わって海図の情報を外国に売り渡すスパイ活動に手を染めていたことをここで思い出すかもしれません。「水先案内の奴等は委《くわ》しい海図を自分で作つて持つとる。要塞地の様子も玄人以上ださ。それを集めにかゝつて見た」と倉地は話していました。

航海だけでなく、国家間の戦争を有利に進めるためにも海図は必要不可欠な情報です。ですから、大洋がある平面に同定され、取引の対象としてみなされたとき、本来誰のものでもない土地がそうであったように、卑小な人間たちが棲む陸の論理への組み込みを余儀なくされるのです。

「あいだ」ならぬ深淵

『老船長の幻覚』は末尾で「両替商のシンハリース人(=シンハラ人、スリランカの民族集団)」が唐突に登場して「旦那さん金替へないか。高く代へるよ」と商談をもちかけ、それを老船長が追い払おうとするところで幕引きになります——ちなみに初出ではこのシンハリース人は娘同様「幻影」にくくられていますが、のちの著作集では実在の登場人物に書き換えられています——。

両替商とは、貨幣の複数の価値体系のあいだでできるだけ儲けを出そうとする、複数の土地を行き来する交通の商売、いえ、交通という商売にほかなりません。交通という商売は、なにか役立つモノを生産することで利益をだすのではなく、土地と土地、国と国のあいだで媒介の役割を果たすところにその本領があります。

有島は修論で、山脈と大洋がともに国家を他から分割する「自然の国境」であることに注意しつつ、山脈と違って大洋には「交通の妨害にもなるし、便利な航路にもなる」両義性があると述べています。障害物でありながら通路でもある。では、海を道として捉えるにはどうしたらいいのでしょう。答えは、恐れない心にあります。「恐れている者には大変な敵となり、大胆な者には忠実な仲間となる、それが大洋である」。

翻《ひるがえ》っていえば、その国と国の「あいだ」なるものは、決して空虚な空間でできているのではなく、波が荒れ狂う大海原であることを忘れてはいけません。恐れを抱く者にとっては人を容易に寄せつけない障害物でもあるのです。かつて「日本の船が始めて行った」ことでその島民から歓迎会が開かれたこともある老船長が、今度の航海を決心して「歓迎会は愚か人一人ゐないとも限らぬ。今度行く海には山のやうな波が立つて、どんな恐ろしい魚がゐようも知れぬのだ」と覚悟するとき、海は国と国を結ぶ交通路として見出されているのではなく、向こう岸のない深淵それ自体として、手段ならぬ目的＝終焉《エンド》として見出されています。

貨幣の換算を拒否し海図なき航海に挑む老船長の姿勢には、陸はおろか海さえも領有せんとする、国家をともなう経済の包囲網、これに対する鋭い否が響いているのです。それが果敢な冒険であることはもちろんですが、同時に日本国はおろか個々人に生得的な制約を課してくる大地からの無限の逃避行であることを読むことは難しくありません。

暖流と寒流の合流

海を舞台にしていながら、あまりかえりみられないものに小品『潮霧《ガス》』があります。大正五年八月、『時事新報』に三回にわたって発表されました。

六月のある夕方、室蘭《むろらん》から函館《はこだて》に向かう小さな汽船に乗った主人公「彼れ」が、夜中の海上で発生した濃い霧になす術もなく立ち往生し、すんでのところで崖にぶつかるはずだった危険な船旅を経て到着の無事を改めて噛みしめる、という話です。この作の船長は「一箇の六分儀を以て星を使役する自信を持つてゐる」と描写されますが、霧で空が隠れ星を見失えば、とたん無力な「案山子《かかし》」になって徐行運転をするほかありません。

六分儀とは、星と水平線のあいだの角度を測って海図上の現在位置を知るための航海道具です。再び海図の外の計り知れない海が再来しています。その海はもはや室蘭と函館のあいだの短い連絡路であることをやめているのです。

この短篇が特に味わい深いのは、汽船を危地に追いやる濃霧が、暖かい海流と冷たい海流、つまりは南のものと北のものの接触によって発生するところにあります。

南洋に醱酵して本州の東海岸を洗ひながら北に走る黒潮が、津軽の鼻から方向を変へて東に流れて行く。樺太の氷に閉されてゐた海の水が、寒い重々しい一脈の流れとなつて、根室釧《ねむろくし》路《ろ》の沖をかすめて西南に突進する。而してこの二つの潮流の尅する所に濃霧が起る。北人の云ふ潮霧《ガス》とはそれだ。（有島武郎『潮霧』、『時事新報』、大正五年八月）

有島の出生譚をすでに読んでいますので、この冒頭はとても象徴的に響くことでしょう。有島の自己認識によれば、北の血と南の血が混ざり合って誕生したものこそ、ほかならぬ自分であったからです。それだけではありません。出自の異なるものが混ざり合って（霧が発生して）迷ってしまう。そうです、とりわけ評論「二つの道」とその続篇で示された絶対なき相対界での彷徨《ほうこう》のイメージ、そして『迷路』で開陳されることになる混血への両義的な感情がこの作にはつづめられているかのようです。

死と個性

『潮霧』の主人公は、船中から眺める日没の光景に、太陽が「復《ま》た生きる事はないだらう」という感傷を抱きます。その懸念は霧に包囲され、いよいよ真実味を帯びていくのですが、それでも九死に一生を得、なんとか着陸したあとに函館を照らす太陽を前にすると、彼は「始めて陽を仰ぐやうに陽を仰いだ」ような感動に涙します。この態度は、「先刻何事が起つたかも忘れ果てた」ような他の船客たちとは対照的です。

『かん〳〵虫』が、さりげなく地球の自転運動を摘出していたことを思い出しましょう。自然は反復の運動に身をゆだねています。周期的に単調なあるリズムを刻んでいるのです。太陽は何度でも昇ります。ですが、人間の生はどこかでその運動から離脱していきます。人間は死ぬ。有限性を抱えている。反復のどこかで脱落してしまう。純粋な個性を描き出そうとする有島文学は、かくして結果的に死の予感をただよわせることになりました。というのも、可死的であるとは、生物として個体性をもっているということだからです。

この作風は有島の伝記的な時系列にも対応しています。『潮霧』が発表された八月、妻の安子が三人の息子を残し二七歳の若さで逝去します。戯曲『死と其前後』、短篇『実験室』『小さき者へ』『小さき影』などの創作は、直接に死別の傷痕を物語るものです。さらに同年一二月、今度は幼いころから息子を厳しく育てた父・武もこの世を去ります。享年七四歳でした。

死のモチーフは、『お末の死』という大正三年の初期短篇のなかですでに扱われていたものですが、このような実人生の歩みと重なり合うことで、よりいっそう有島文学の通底音として響いていくことになります。あるいは、どこまでも個性を追求しようとした有島文学は、その代償として死の問題を結果的に抱え込まざるを得なかったといえるかもしれません。最晩年の詩篇「瞳なき眼」――死体の眼?――では不気味なニヒリズムのしらべを聴くことになるでしょう。

とまれ、たてつづけの訃報を創作の霊感に代えるかのように、有島はかつてない多作の年、大正六年をむかえました。『カインの末裔』はまさしくその年の最大の成果でした。

自宅にて(大正6年)

第三節　資本家見習い譚としての『カインの末裔』

ナオミ推薦

有島の出世作にして代表作の一つでもある『カインの末裔』は大正六年七月に発表されました。それまで派手とはいいがたい活躍ぶりだった有島ですが、ここから文壇においても捨ておけない一目おかれる小説家として世に出ていくのです。

その影響力の一端を物語るものとして、谷崎潤一郎『痴人の愛』をひもといてみてもいいでしょう。大正期の都市文化を背景にして、譲治というサラリーマンがカフェの女給をしていたナオミという少女を自分好みの女性に育てあげようとするも、いつのまにか彼女にかしずくことに変態的な快楽を覚えるようになる男の倒錯を描いた小説ですが、悪女へ変貌していくナオミが作中で読んでいるのが、なにを隠そう『カインの末裔』なのです。彼女の批評によると有島は「今の文壇で一番偉い作家だ」とのこと。

『痴人の愛』を読んだことのある人にとっては、彼女の読書趣味は意外なものにうつるかもしれません。というのも、蠱惑《こわく》的な肉体をもつ代わりに知的には未熟さを残すナオミが、お世辞にも読みやすいとはいえない有島文学を愛読するさまは、いささかちぐはぐな印象を否めないからです。

ですが、これは誤解です。大正期の人気作家ランキングをみてみると、実は有島はかなり上位の位置を占め、多くの女性読者に恵まれていました。流行に敏感なナオミの選書眼は、当時の高い世評にのっとって造形されているのです。小林多喜二の『ある役割』という初期短篇に『星座』のつづきを心待ちにする女学生が点描され、福永武彦の『風土』という長篇小説にも有島の個人誌『泉』を購読していた若い女性が出てきます。

現代の私たちが抱いてしまうかもしれない純文学のいかめしさに比べて、有島の作品は少なくとも同時代的にはずっとポピュラリティをもっていました。このことは有島作品を読む上で注意しておいてよいことでしょう。

カイン・イメージ

さて、題名に組み込まれたカインとは、聖書のなかで物語られるカインによるアベルの兄弟殺しの神話に由来しています。

アダムとイブの子である農耕者のカインと羊飼いのアベルは、それぞれ神に供物を捧げるのですが、神は弟のアベルの方だけを贔屓《ひいき》します。嫉妬に狂ったカインは弟を殺害。これによって神の怒りに触れ、地上での流浪のさだめを予言されるのです。

有島のカインを読むうえで参考にするとしたら、第一に農耕者であること、第二に流浪の宿命を負っていること、とりあえず二つ拾っておけばいいでしょうか。妻と赤ん坊とともに痩馬を引きながら、どこからともなく北海道の松川農場へやってきた広岡仁右衛門。農場を所有して自立することを夢見て、まずは一小作人として借りた土地を必死に耕すも、その狂暴な性格から村中から反目され、最終的には吹雪のなか農場から立ち去っていく。一年満たず居場所を追われて雪のなかに消えていく乱暴者の姿には、たしかに聖書由来のカイン・イメージが活きています。

さらに、一般に流通するカイン・イメージにおいては、先のものにくわえて、兄弟による人類初の殺人事件という特徴を挙げないわけにはいきません。仁右衛門には兄弟がいません。厳密にいえば、いるのかもしれませんが作中には登場しません。ただし、その農村が疑似家族的な雰囲気に包まれていたことを考えたとき、彼のとなりには疑似兄弟がいたといっても間違ってないでしょう。

たとえば、小作人たちの代表者をつとめる笠井という男は「親方は親で小作は子だ」という理屈のもと、親方である地主からの慈悲、具体的には小作料の割引を求めます。三年ごとに一反歩（三〇〇坪）二円二〇銭の「この地方にない高相場」では食っていけないという事情があるためですが、もし地主が親であるならば、小（子）作人同士は兄弟ということになりましょう。仁右衛門は彼らの意気地なしと違って、課せられた小作料をおさめず、亜麻（リネン）を好き勝手に栽培し、禁じられた博打も豪儀に楽しむ無法者としてときに羨望のまなざしのなかで振る舞うのです。

ここには兄弟間の嫉妬による排除、という神話の再演があるのではないでしょうか。

イメージを破る

排除と書きました。仁右衛門が夜逃げせざるをえなくなる原因の一つに、地主のもとに嫁ぐことが決まっていた笠井の娘が何者かに乱暴されてしまうという事件があり、その犯人が仁右衛門ではないか、と村中で噂されていたことが挙がります。「笠井の娘を犯したものは——何等の証拠がないにも係らず——仁右衛門に相違ないときまつてしまつた。凡て村の中で起つたいかゞはしい出来事は一つ残らず仁右衛門になすりつけられた」と説明されています。

無視と噂話を用いて標的を追いつめる学校空間でのイジメのように、兄弟たちがこぞって同じ立場の弟分を、たとえ乱暴者で礼儀知らずだったとしても、忌みものにする。共同体の暴力がここにあります。驚くべきことにカインを北海道の地に復活させたかにみえた仁右衛門は、結末にいたってはむしろ、兄に殺される弟アベルの位置に反転しているかのようです。殺人者カインのもっていた暴力は、村の掟に唯々諾々《いいだくだく》と従う有象無象の小作人たちの方にみなぎっています。

ここまできて、仁右衛門を図式的なイメージで裁断してしまうことの無理が洞察されます。労働する彼の姿にも複雑な綾があります。乱暴者ではありますが、とても勤勉で他の小作人が疲れ果てて就寝したあとも、「星の光をたよりに野獣のやうに畑の中で働き廻は」る。そんな模範的な小作人像をみせたかと思えば、初夏になると「村に這入りこんだ博徒等の張つてゐた賭場」にいりびたる。序盤で登場する馬が、最初は畑を耕す道具の延長線上で捉えられていたのに対し、後半部では賭けの文化にも接近する競馬での使用に切り換わるのは、そのレース中に事故が起きて仁右衛門自慢の馬を最終的には殺さざるをえなくなる顚末までふくめて、くるっとした反転の印象を読者に与えます。

複雑ではありますが、決して矛盾はしていません。というのも、彼の行動原理は「三年経つた後には彼れは農場一の大小作だつた。五年の後には小さいながら一箇の独立した農民だつた。十年目には可なり広い農場を譲り受けてゐた」という「未来の夢」によって導きだされ、一定の資本が得られるのならば、農作であれ博打であれ、どちらでも構わないからです。

反復するリズムの外へ

一見、堅実な農民にもみえた仁右衛門ですが、彼は明らかに働きすぎています。過ぎたるはなお及ばざるが如し。働きすぎることには、勤勉を習慣づけている不可視の秩序をひっくり返そうとする不吉な予兆があります。

とりわけ、彼が堂々と育てていたのが高価な亜麻だったことは無視できません。仁右衛門は、契約書にも記載されている規則「亜麻は貸附地積の五分の一以上作つてはならぬ」を平気で破って、「畑の半分を亜麻にしてゐ」ました。この禁則は決して意地悪で設けられたのではありません。亜麻は一度植えつけると半年も経たずに急激に成長する代わりに、その土地にあった栄養分をことごとく吸い取ってしまい、同じ土でもって連続栽培することができない植物です。「こんなに亜麻をつけては仕様が無えでねえか。畑が枯れて跡地には何んだつて出来はしねえぞ」という作中のアドバイスは至極真っ当なものです。一般に亜麻のあとにはジャガイモやコーン、豆類を植えることで、土に新しい栄養を蓄えさせるよう工夫します。

亜麻を一画にとどめておくのは、持続的な農業生活のための一つの知恵なのです。反対に、亜麻が商業的に高価に取り引きされるのは同じ場所で大量に恒産していくのが難しい自然内在の限界に由来しています。

農民として末永く生きていくためには、大地の生理が要求するリズム、その反復に同期して身をゆだねる必要があります。土地がやせ細れば、あるいはまた木を伐《き》りすぎれば、もとから備わっている恒常的復元力《ホメオスタシス》を頼りに静かに待つほかありません。自然に寄り添いましょう。陽の出ているうちは外で働き、暗くなれば帰って眠ることをお勧めします。夜になっても働きつづけることのうちにはどこか自然なぞ簡単に屈服させることができるのだという人間の挑発と慢心があるものです。

仁右衛門は自然の反復する時間に身をゆだねようとはしません。そんなもの、といわんばかりに己の都合でもって自然の限界を単身で突破していこうとします。いうまでもなく、『かんく〱虫』と『潮霧』にもあった、自然の反復と人間による離脱のテーマがここに引き継がれています。

海化の修辞

このことを考えたとき、農耕者カインのイメージを重ね書きされた仁右衛門は、しかしながら、模範的小作人像などかなぐり捨てて、はなから持続可能性など目もくれずに大地をことごとく商品に変換する、土の開発《エクスプロイテーション》＝搾取を狙っていたといえましょう。不毛の地になったって構いやしない。土の反逆者とさえ形容できるかもしれません。

有島文学は、国家と人種の区別がひしめく大地の支配から脱却するため、死にさえ接近する海に逃げ場を求めました。『カインの末裔』は、もう一つの逃げ方を教えてくれています。つまり、遊牧民のように定住を回避することで、ある共同体の掟にも自然の生理にも縛られず、様々な土地を遍歴してうわべの豊かさだけをエゴイスティックに掠《かす》めとっていく方法です。根づかない農民にとって、ある土地は自分がそこに寝っ転がる赦《ゆる》しを乞うところではなく、不断の流動のなかで一時的に碇《いかり》を下す港のようなものなのです。

実際、『カインの末裔』の世界は、一度として海辺に近づくことはないのに、海を連想させる比喩表現にあふれています。「章魚《たこ》のやうに頭ばかり大きい赤坊」、「西風が、打寄せる紆濤《うねり》のやうに跡から跡から吹き払つていつた」、「海月のやうな低い勾配の小山の半腹」、「青天鵞毛《ビロード》の海」等々。それは、本来は動かないはずの陸の世界を、動くものとして読み替えようとするレトリックの闘いにほかなりません。

ですから、「真直な幹が見渡す限り天を衝いて、怒濤のやうな風の音を籠《こ》めてゐた。二人の男女は蟻のやうに小さくその林に近づいて、やがてその中に呑み込まれてしまつた」という追放の結末は、一見、とても悲劇的にみえますが、それは陸地を海のように渡っていく遊牧的農民にとって予定通りのスケジュールといえるのではないでしょうか。彼は土地に特別の愛着をもっているわけではありません。土の栄養を手玉に、自己の利益の最大化を目指しているだけです。

亜麻は食べられない

有島文学は海そのものというべき深淵を見出していました。有島の海は金儲けのための手段や単なる交通路ではありません。『カインの末裔』の放浪は、深淵への憧憬と通じるものがあります。ですが、陸地で再現された船旅は、たとえば『老船長の幻覚』の決死のそれとは大きな違いがあるのも事実です。仁右衛門の「未来の夢」は、その前提として、大地の恵みを貨幣に換算する必要に迫られるからです。

仁右衛門の貨幣への欲望には、なみなみならぬものがあります。農場を訪れてすぐに「俺ら銭こ一文も持たねえからちよつぴり借りたいだが」と帳場に無作法にも嘆願し、ひどく呆れられます。博打はもちろん、亜麻の先に待っているのも貨幣です。跡地にはなにもできないぞ、と警告された仁右衛門は、「口が干上るんだあぞ俺がのは」と返答して、地の文で「彼れの前にあるおきては先づ食ふ事だつた」と説明されますが、これを文字通りに信じることはできません。なぜならば、亜麻は食べられないからです。それ自体で価値があるというよりも、売り買いの商業的な取引のなかで初めてその価値の高さが約束されるのです。

亜麻といえば、カール・マルクスの有名な『資本論』を思い出す人もいるのではないでしょうか。というのも、冒頭の価値形態論で扱われる例示の発端が二〇ヤードのリンネルと上着一枚が等しいということはどういうことなのか、という話だからです。

上着には、それを着れば寒さを防げるというそれ自体で使い勝手のいい価値がありますが、リンネルはそうではありません。使い道は様々です。また、そこに投入されている労働の質も、裁縫と機織《はたお》り、と大きく異なります。この二つには不等があるにもかかわらず、等しく計ることもできる。千円の上着と千円分のリンネル、といったように。この矛盾のなかに、商品を包囲している貨幣という謎を解き明かす鍵があるとマルクスは考えました。貨幣が一種の秤《はかり》になることで異質な価値同士を、異質な労働同士を同じ尺度のもとで勘定し、交換の手助けをする。けれども、それ自体ではなんの役にも立たなかったはずの貨幣が、いつのまにか労働の産物以上にいばりくさっていく。ここにはなにか重大な転倒が生じているのではないか。こうしてマルクスによる資本制社会への批判が組まれていくのです。

万国的労働者こそ貨幣的

大地からの解放という有島の念願を引き受けながら、分不相応な夢をみる仁右衛門は、結果的には、大地から次第に離陸していく商品と貨幣の交換過程に自由の可能性を見たように思えます。

のちに有島が評論「想片」でいうように、「資本主義の経済生活は、漸次に種子をその土壌から切り放すやうな傾向を馴致《じゅんち》した」のです。もちろん、有島はこれを否定的に論じています。「大地を生命として踏むことが妨げられ、日光を精神として浴びることが出来なければ、それはその人の生活のゆゝしい退縮」だからです。ただし、その処方箋として「種子は動くことすら出来ない。然しながら人は動くことゝ、動くべく意志することが出来る」とつづけ、さらにはその動く意志をマルクスとエンゲルスによる「万国の労働者よ、合同せよ」（『共産党宣言』）の革命号令に重ねるとき、自由に動ける労働者と動けない労働者との対立をあおるばかりか、大地に縛られない自由な移動こそが貨幣による交換過程とすこぶる相性がよいものだという矛盾を、『カインの末裔』はすでにして露呈しているようにみえます。

自由に動けるのならば大地ではなく貨幣をとれ。動けないのならば大地が求める仲間とともに。さて、インターナショナルな連帯はどちらの手に？

ほぼ同時期の評論「ミレー礼讃」で、華々しい都会文化にはない「大地の叫喚」を聴く農民に寄りそったフランスの画家、ジャン＝フランソワ・ミレーを絶賛しながらも、同時に、我こそが資本家の座に、という運動家からみればお門違いもはなはだしい野望を抱く登場人物を有島がここで設定しえたことは特筆にあたいします。海への逃亡劇以上に搦《から》め手の希望。商品のもとは土から奪いつくし、それをことごとくカネに変えて驀進《ばくしん》せねばならない。その姿はどこか、様々な流行の商品に囲まれ、譲治の収入を当てに消費社会を華麗に滑っていくナオミの浅薄な振る舞いを連想させるものがあります。いうまでもなくカインの末裔はいまもどこかで産声をあげているのです。

第五章　生きにくい女たちの群像

第一節　経済に縛られる女

そして、父になれない

有島流カインの放浪は、土よりもカネを頼りにする資本家見習いの想定内の結末だったのかもしれません。しかし、そんな仁右衛門にも一つの意想外があったはずです。最初に村を訪れるさい、広岡夫妻は一人の赤ん坊を抱えているのですが、仁右衛門の留守中に赤痢にかかって死んでしまうという不運に見舞われます。この事件によって、守るもののない身勝手さからか、仁右衛門はさらに狂暴になっていきました。

夫婦にはもう子供はいません。『カインの末裔』というタイトルを字義通りに受け取るのならば、彼らは真に最後の末裔になってしまうのかもしれないのです。地主と小作人は、親と子供のようなものでした。聖書の比喩を重ねれば、さしずめ神と人間といったところでしょうか。仁右衛門は、このシンボリックな主従関係を否定して小作人＝子からの脱却、すなわち自らが地主＝親（＝神？）になることで乗り越えようとします……が、その魂胆は失敗に終わり、しっぺ返しよろしくシンボルでもなんでもない実の子供を失うことになりました。まるで分不相応な夢を抱いた罰のように。

人は必ず死にます。誰しもが寿命という限界を抱えています。けれども、生物にそなわっている生殖という契機でもって、個々人は自分が生きるはずがなかった未来の時間にコミットすることができます。血は血で延命します。『迷路』の混血児が想像上の迫害をこうむりながらも主人公の父性愛を刺激《しげき》したのは、おそらくは、血の混合過程によって平等な社会が未来に到来するかもしれない、という予感に支えられていたからでした。

我が子とは、未来に投げ出された我が身の分身であるのに、その胎児は実在しない言葉だけの想像物にすぎなかった。そう、Aは仁右衛門と同様、父になることに失敗した男なのです。

父の後手と母の先手

ただし、このような考え方はどこか偏っています。子供は父の分身かもしれませんが、それは半身でしかなく、子は母の分身でもあるはずです。

親になることについて語っているのだから、わざわざ母なるものに考えを及ばせずともそれで十分なのでしょうか。いえ、そんなことはありません。たとえば、『迷路』のP夫人は言葉巧みに、子供を懐妊したとAを騙すわけですが、この嘘は、立場を交換してしまうと、つまりは男の方が懐妊の嘘をつこうとすると、とたんに無理が生じてしまう種類のものです。

男性にとって、ある射精が受精に結ばれるかどうかはどこまでも確率的なものですが、女性にとってその確定はみずからの身体が不調とともに直接に教えてくれます。あなたの子よ、というドラマの台詞はたいてい女性のものです。情報源の距離に差があります。その情報戦において男性は常に後手、教わる立場に甘んじます。言い換えれば、男性にとって子供とはまず言葉として存在します。

父になることと母になること、二つはその失敗もふくめて一緒くたに語ることはできない非対称性をもっています。果たして性差は、有島にとって人種や国籍以上に人々の連帯をくじく深刻な溝になったのでしょうか。

『カインの末裔』に並ぶ有島の代表作『或る女』は、その答えを暗示してくれているようにみえます。というのも、この小説のヒロインである早月《さつき》葉子は、激しい恋愛結婚を経たのにすぐに離縁した男、木部《きべ》孤筇《こきょう》の子を産むものの、「固《もと》よりその事を木部に知らせなかつたばかりでなく、母にさへある他の男によつて生んだ子だと告白した」という母特有の先手を存分に活かした女性だったからです。その私生児は定子と名づけられました。

改稿とモデル問題

有島にとって『或る女』は結果的に因縁のからまった作品になりました。

まず初めに、この作はもともと明治四四年から二年間ほど『或る女のグリンプス』という題名で『白樺』で連載されていました。グリンプス(glimpse)とは、一瞥《いちべつ》する、という意味の英単語です。この部分は、現在気軽に手に取れる『或る女』の前編部分に相当しますが、大正八年に後編ともども刊行するなかで大きな改変がほどこされています。もっとも目を引くのはヒロインの名前で、葉子は『グリンプス』では田鶴子という名で登場しています。これ以外にも細々した変更があります。

そもそも『或る女』はモデル小説で、早月葉子は佐々城信子という実在の女性をモデルに造形されました。信子という女性は、『武蔵野』や『牛肉と馬鈴薯』で有名な小説家の国木田独歩の第一の妻だった人です。信子の母である佐々城豊寿は、もとは禁酒運動を推し進めていたキリスト教団体・東京婦人矯風《きょうふう》会の書記をつとめており――矯風とは、悪い風俗を矯正する、という意味です――二人は豊寿が開いた日清戦争の戦勝パーティで出会います。特に独歩の方が熱を上げ、急接近して婚姻を果たすのですが、すぐに破局しました。信子は親戚のはからいのもと再婚のため渡米させられるのですが、船中で出会った事務長と恋に落ち、日本に舞い戻ってきてしまうのです。ただし、子宮の病によって病院で呻《うめ》き泣き、おそらくは死んでいくだろう小説の悲惨な結末と違って、現実の信子は戦後までたくましく天寿をまっとうしました。作中時間は明治三四年から翌年の夏までになります。

さらには、大正一二年。有島は『或る女』後編のなかの一つのシーンを、独歩の『運命論者』という小説にでてくる登場人物を織り交ぜながら、『断橋』という一幕劇にて再構成しています。『グリンプス』以来の読者からすれば、改稿をへて後編完成にてやっと決着がついたと思ったのも束の間、別のメディアのもとで死んだはずの葉子が甦ってきた、といったところでしょうか。期せずして有島は大正期のまるまるすべてを『或る女』シリーズに捧げることになりました。

有島は明らかに長篇小説を書く資質をもった作家でしたが、その成果はかんばしくありません。『星座』は頓挫《とんざ》していますし、『運命の訴へ』という大正九年にとりかかった仕事も未完に終わっています。『迷路』は長篇といえなくもないですが、複数の短篇をつなぎ合わせた不細工をもっていることを考慮すれば、前編と後編のあいだの不一致がしばしば議論の的になることを勘定にいれても、執着の甲斐あってというべきか、『或る女』は有島第一の長篇小説と呼んでいい一作に到達しました。

母性保護論争

大正七年から八年のあいだには、近代フェミニズムの古典的議論として記憶されることになる、与謝野晶子、平塚らいてう、山田わか、山川菊栄《きくえ》らによる母性保護論争も勃発しています。その意味でも『或る女』は、時宜にかなった作品といえました。

母性保護論争とは、簡単にいえば、子を育てる母親は国家によって手厚く経済的援助をされるべきか否か、が論じられた論争です。

たとえば、論争の口火を切った与謝野晶子は、女性の経済的独立こそ真の男女平等であると考え、国家による母の援助は「依頼主義」や「寄生」にほかならないと喝破しました。この前提から、当時盛んに喧伝されていたスウェーデンのフェミニスト、エレン・ケイの母性保護論を批判します。

対して、ケイに傾倒していた平塚らいてうは、育児とは次代をになう「国家的事業」であると考えて、母性の公共性を主張します。労働者として働くことと育児業とを両立させることは現実問題として難しく、晶子の理想論どおりに生きていける女性なぞほんの一握りでしかない。放任の結果、私生児が溢れれば社会秩序も揺るがしかねない。こうして、国家による母性保護が正当化されます。

山田わかは、大略はらいてうと足並みを揃えながらも、らいてう以上に保守的な考え方からドイツでの母性保護同盟会の事例を紹介するなど保護の具体例に踏みこみ、山川菊栄は晶子とらいてうの論争を整理しつつ、ブルジョワ的視野狭窄《きょうさく》(晶子)にも良妻賢母への退行(らいてう)にも陥らない社会主義的な観点からの経済の変革、資本主義の克服を訴えました。山川菊栄は、社会主義者である山川均《ひとし》の妻です。

男性に依存する

　このような激しい論争を横目に早月葉子というヒロインが造形されたということは、『或る女』を読む上で留意しておいていいでしょう。

　有島がおないどし生まれの与謝野晶子と直接の知り合いで、明治三四年から三五年を背景にした作中でも女権運動の高まりを示すアイコンのように「与謝野晶子女史」がでてくることだけが、大事なのではありません。さらには、晶子が論争のなかで有島の評論「自己と世界」を引用していたり、平塚らいてうの方も『死と其前後』という有島原作の演劇を鑑賞した感想につづくかたちで論争の一部をなす文章を発表していたりする事実も、文学史の片隅に記されていればいい、ささやかなエピソードです。

　男がいばる家父長制やじめじめした慣習がいぜん残る明治の日本にあって、葉子は、早月の苗字が暗示するように「自分は如何しても生まるべきでない時代に、生まるべきでない所に生まれて来たのだ。自分の生まるべき時代と所とはどこか別にある」と考えていた女性でした。作中でその体は「和服よりも遥かに洋服に適した」とも形容されています。そういったイマコにはない別世界を追い求めた結果、彼女は、日清戦争での従軍記者（木部孤笻）と結婚してもすぐに別れ、ついで周囲に命じられたアメリカにいる婚約者（木村貞一）との新生活に望みを託し、そうかと思えばアメリカに向かう船の事務長(倉地三吉)とのロマンスをへて仮病を使って日本へとんぼ返りしてきます。帰ってきても誰も歓迎しないばかりか、新聞が船上の情事と騒ぎ立て世間は好奇の視線を送ってくるので、日陰者としてひっそり暮らしていくほかありません。

後編がはじまったとき、つまり倉地との禁断の生活に突入した葉子は前編と違って「煙草」を吸います。「葉子は船の中で煙草を吸ふ事を覚えてしまつた」のです。この癖は新たなパートナーとともにいた時間の長さを物語るのにくわえて、穴のなかに細長いものが出入りする、という性的な隠喩をたぶんに含んでいるでしょう。

『或る女』は葉子の男性遍歴譚でもあります。個人として生きたい、とこいねがうヒロインのとなりにはいつも男がいます。その背景には、葉子が経済的に自立できない、そのために男性に依存するほかない、という母性保護論争で争われていた論点があることは見逃せません。事実、葉子は倉地との愛の生活に目覚めながらも、自分の回復をいまかいまかと待ちわびている木村が向こうから送ってくれるカネ欲しさに彼と完全に手切れすることができず、これによって倉地のなかの猜疑心を呼び起こしてしまうのです。貨幣によって二者の愛が壊れてしまう。

後年、プロレタリア作家として有名な宮本百合子は「葉子自身がただの一度も自主的に何とか経済的な面を打開しようと思っても見なかったこと」に、『或る女』の限界を読みました。いわば晶子的な批判です。果たして、このような批評は正しいでしょうか。即断するよりも、おのおのが実際に読んでみて決める方がよいでしょう。

経済の復讐

有島は『或る女』以前にも、男を誘惑して虜《とりこ》にする女性、悪女の類型を描いていました。『老船長の幻覚』では、船長を決死の旅に誘う幻影は医者の娘でした。ちなみに、葉子も（そしてモデルである佐々城信子も）医者の娘です。

さらに、大正七年には『或る女』完結に向けた試作品といってもいいだろう、『石にひしがれた雑草』という小説が発表されています。三つ年上のM子に魅了された「僕」と大学時代の友人である加藤との三角関係のもつれから、嫉妬に狂った「僕」が浮気を働いたM子をヒステリーへと追い詰める復讐劇です。このM子という女性は、「僕」によって「娼婦型の女」と規定されています。たぶんに男側の身勝手な決めつけも見受けられるのですが。

M子に翻弄される「僕」は、もともと「哲学上の思索でもして身を立てようと思つてゐた」ほどの世間知らずのぼんくらでしたが、彼女との結婚のため、「経済学や理財学」を我流に学び「実業界に飛び込まうと考へ」ます。女を獲得するために世俗的な経済世界(商品と貨幣の体制)に組み込まれる男の姿がここにあります。「僕」は結婚するにはまだ早すぎるとのM子の両親の意見から、留学して機が熟すのを待つのですが、そのあいだ有力なアメリカ人たちとのコネづくりに奔走します。海外でつちかった縁を利用し、帰朝後も「齢の割合には実務を切りまくつて行く腕も出来てゐたし、伝来の財産も仕事をどん〳〵広めて行くのに差支へなかつたから、瞬く暇に僕の店は日本中に取引き先を持つやうになつた。信用はまた僕の資産を四倍にも五倍にも融通させた」といいます。

この経済力が復讐をより陰湿なものにさせます。M子は結婚後も、一時関係のあった別の男とよりを戻して密会を重ねるのですが、「僕」はその本性の尻尾を出させようと、いったんは他人まかせにしていた事業に再び精を出し、わざと奢侈《しゃし》な生活を送らせます。様々な男遊びを満喫させ、かつ、彼女の行動を監視する「密偵《いぬ》」を雇います。浮気の証拠を加藤にそれとなく知らせることで、不仲が生じ、常なる監視のストレスからM子は病的な心理状態に落ち込んでいくのです。

成功したいのならば移動しなさい

『石にひしがれた雑草』で採用された「僕」の造形は、『或る女』の木村に受け継がれることになります。というのも、この木村貞一という男は若い頃に葉子を妻にする約束をとりつけたあと、アメリカに渡り実業家として身を立てようとするからです。

一時は苦労、つまりサンフランシスコの領事が在留日本人に冷淡でシカゴに移動して新たに事業を興さねばならない難局に突き当たるのですが、後編に入ると状況は一転し、ハミルトンという日本の名誉領事もつとめる鉄物商の右腕となって、セントルイスでやがてもよおされる博覧会をビジネスの好機に大きな成功をおさめていきます。「いまに見なさい木村といふ仁なりや、立派に成功して、第一流の実業家に成上るにきまつてゐる。是《こ》れからは何んと云つても信用と金だ」とは葉子の親戚による人物評ですが、海外に広がる信用とカネの力は、『石にひしがれた雑草』にも共通するものでした。

木村はサンフランシスコでは旗色悪く、シカゴやセントルイスに移ると、調子よくことが進んでいくわけですが、この推移の背後にはまたも『迷路』からつづく黄禍論の文脈を読んでいいでしょう。というのも、黄禍論の中心地は、日本人移民が増えたことで排斥運動が盛り上がったカリフォルニア州、アメリカの西岸だったからです。当地では白人種と黄色人種との結婚が禁じられました。サンフランシスコはカリフォルニア州にあり、シカゴ（イリノイ州）もセントルイス（ミズーリ州）も、それよりずっと東側にあります。

　葉子と日本へ還ってくる倉地が海図を外国に売り渡すスパイ活動に手を染めることはすでに述べました。ただし、木村とは反対にその事業はうまくいきません。「日本の移民問題が米国の西部諸州でやかましくなり、排日熱が過度に煽動され出したので、何事も米国人との交渉は思ふやうに行かず」という状況になってしまうからです。木村ならばこんなヘマはしなかったでしょう。なぜならば、「桑港《サンフランシスコ》の領事が在留日本人の企業に対して全然冷淡で盲目である」ことを彼は身をもって知っていたからです。

日本回帰

この運命の岐路には深い示唆があります。一方には、日本とアメリカの中間、象徴的にいえば海の領域にとどまって相互の媒介で事業をなそうとする男が。他方には、日本からアメリカ大陸に乗り込んで、まるで白人社会の一員のようにビジネスの競争に邁進していく男がいます。あれほど金儲けに好都合だった「あいだ」の空間は、人種の差という、実に下らない、なのになぜだか笑い飛ばすことが難しい生まれつきの（とされる）区別によって切り分けられます。交通がさまたげられれば儲けはでません。博覧会の予定が先送りされるに応じて、葉子への送金義務とあわせて木村の状況が再び厳しいものになってしまう不運があるにせよ、そうです。

明治三四（一九〇一）年の日付をもつ作中時間と微妙な食い違いがありますが、明治三七（一九〇四）年にもよおされたセントルイス万博は、アフリカのピグミー、フィリピン先住民、そして北海道のアイヌなど、帝国主義の誇示のために人種の展示をしつらえたことで悪名高い博覧会でした。日本はしかし、あえてこれに参加することで、黄禍論で高まったアメリカ世論の警戒心を解く方策を打っていました。

目前の万博で転機をむかえたビジネスマンは「あいだ」のスパイにくらべ、どうでしょう。船内にて、久しぶりに葉子と再会した木村は、日本で会ったときとはくらべものにならないほど洒脱な風体で現れました。「見違へる程refine〔洗練〕され」「元から白かつたその皮膚は何か特殊な洗料で底光りのする程磨きがかけられて、日本人とは思へぬまで滑らかなのに、油で綺麗に分けた濃い黒髪は、西洋人の金髪には又見られぬやうな趣きのある対照をその白皙《はくせき》の皮膚に与へて」います。まるで日本人とアメリカ人の混血児のようです。

なにがいいたいかもうお分かりでしょう。倉地の失敗と表裏をなす木村の成功には、生まれつきの区別をごちゃ混ぜにして調和をはかる、混合過程からやがて「一つのミリウ」へと至らしめんとする、『迷路』以来のあの理想が仮託されているようにみえるのです。いわば『或る女』とは、この理想を受け入れることができず、結果的に日本回帰を果たしてしまう女の物語なのです。後編冒頭、性的な含意もただよう「煙草」の一景が、「菊」の花が香ってくる「天長節」(天皇誕生日)なのは、まことに象徴的です。

第二節　可能性を航海する

音楽的夢幻界

ただし、葉子はあくまでも海への憧憬を捨てなかった女性であることは強調されていいでしょう。といっても、その海とは倉地のように経済活動に貢献する「あいだ」ではなく、果てのない深淵として広がっている大海原ですが。

不吉な終局がただよいはじめる第三七章。愛の逃避行生活にもかげりがさし、葉子の心身にも失調がみえはじめたある日、彼女は倉地とともに鎌倉旅行におもむきます。海岸線を歩きながら葉子は「私もう一度あの真中心《まっただなか》に乗り出して見たい」「あの時私は海でなければ聞けないやうな音楽を聞いてゐましたわ。陸《おか》の上にはあんな音楽は聞かうと云つたつてありやしない。おーい、おーい、おい、おい、おい、おーい……あれは何？」などといささか妄言じみた感想を吐いて倉地を怪訝にさせます。

葉子が念頭においているのは前編のある晩、アメリカ行き船上の甲板での出来事のことです。

幻想的な場面のため、なかなか説明しにくいので、少し長目に引用してみましょう。

もうどん〳〵と冷えて行く衣物の裏に、心臓のはげしい鼓動につれて、乳房が冷たく触れたり離れたりするのが、なやましい気分を誘ひ出したりした。それに佇んでゐるのに脚が爪先から段々に冷えて行つて、やがて膝から下は知覚を失ひ始めたので、気分は妙に上ずつて来て、葉子の幼ない時からの癖である夢とも現《うつつ》とも知れない音楽的な錯覚に陥つて行つた。五体も心も不思議な熱を覚えながら、一種のリズムの中に揺り動かされるやうになつて行つた。何を見るともなく凝然と見定めた眼の前に、無数の星が船の動揺につれて光のまたゝきをしながら、ゆるいテンポを調へてゆらり〳〵と静かにをどると、帆綱の呻りが張り切つたバスの声となり、その間を「おーい、おい、おい、おーい……」と心の声とも波のうめきとも分らぬトレモロが流れ、盛り上り、くづれこむ波又波がテノルの役目を勤めた。声が形となり、形が声となり、それから一緒にもつれ合ふ姿を葉子は眼で聞いたり耳で見たりしてゐた。

（有島武郎『或る女』前編、『有島武郎著作集』第八輯、大正八年三月）

前後にも興味深いディテールに富む連続があるのですが、引用しだすときりがないのであとは各人本文を御覧ください。「音楽的な夢幻界」とも形容されるこの一連の幻視はたいそう謎めいています。ただ、音楽に関しては決して突飛ではありません。というのも、若い頃の葉子がしでかした不遜を恥じない女王的エピソードとして、上野の音楽学校に通いめきめきと腕をあげるも、教師から「お前の楽器は才で鳴るのだ。天才で鳴るのではない」といわれたのをきっかけに、目の前でヴァイオリンを外にほうり投げてそのまま退学してしまう、という過去が序盤に語られていたからです。彼女が一九のときのことでした。

また、『或る女』は葉子がもっている、男を意のままに操る手練手管のことを「タクト」――「機転」という意味の英語 tact――と何度も表現しますが、同時にドイツ語 Taktstock に由来するカタカナ語のタクトには演奏のときに用いる指揮棒の意味があることを連想しても、そう的外れではないかもしれません。女王は自身の蠱惑力でもって複数の男性たちの求愛の歌を華麗に指揮するのです。

再演する船上

海を前にした葉子は、そういうわけで、あの夢幻のひとときを思い出していたのでした。となりの倉地が、そんな声は一度も聞いたことはないというのに対し、葉子は次のように応じています。

音楽の耳のない人には聞えないのか知ら。……確かに聞えましたよ、あの晩に……それは気味の悪いやうな物凄いやうな……謂はゞね、一緒になるべき筈なのに一緒になれなかつた……その人達が幾億万と海の底に集つてゐて、銘々死にかけたやうな低い音でおーい、おーいと呼び立てる、それが一緒になつてあんなぼんやりした大きな声になるかと思ふやうなそんな気味の悪い声なの……何所かで今でもその声が聞えるやうよ(有島武郎『或る女』後編、『有島武郎著作集』第九輯、大正八年六月)

倉地は葉子の、一緒になるべきだったのに云々の言葉を受けて、「木村がやつてゐるのだらう」とからかいますが、その直後、一緒になれなかったもう一人の運命的な男に再会します。

海に流れ込む川にかけられた橋の下で釣りをしていた元夫、そう、木部孤笻です。動揺する葉子の耳の底には、再び「おーい、おい、おい、おい、おーい」とあの呼び声がこだまします。

すっかり零落した風体の木部は、浜づたいのほうが趣があるという理由で二人を田舟で橋渡ししてあげようと提案します。ずんずん前を進む倉地の後ろで、葉子は警戒しつつも「い、い、い、りと一別以来の事などを語り合つて見たい気」をおこして、自宅の番地を教えようとしますが、木部はこれをやんわりと断り、向こう岸に着いた二人を舟の上で見送ります。

舟の上の二人の男と一人の女。さて、どこか既視感がないでしょうか。似たような場面を私たちはもうすでに辿っているはずです。そう、仮病を使って木村を欺き倉地とともに船に留まり続けようとしたアメリカ着陸未遂のことです。目ぼしい金づるをストックしたまま別の男と逃避行をつづけることになったきっかけです。木部はここで本来は倉地が果たすべきだった役割、つまりは船に留まって二人を見送る島と大陸のあいだの架橋役をミニチュア的に演じています。

葉子は彼岸の機会を自分の意志で拒否しました。いささか残酷なようですが、それは選択の先延ばしを意味するのではなく、先延ばしという選択肢を選んだことに等しいといえます。海に憧れる葉子は、大洋での終わらない冒険、岸辺と岸辺のあいだで揺れ動くのではなく、結果的に元いた岸辺に舞い戻りました。それでもそれは時間を元に戻すことを意味しません。空間的帰還は時間的回帰ではないのです。結果的に倉地を選んだ葉子は、どんなに海に憧れていたとしても、木村とアメリカ生活を送ることも、木部と復縁して我が子を育てることも、もうできないのです。今度はスムーズに進んだこの架橋の手続きには、不可逆な時間という過酷がぴたりと張り付いています。

イプセン『海の夫人』

有島が愛した文学者の一人にヘンリック・イプセンというノルウェーの劇作家がいました。『人形の家』という戯曲で家に閉じ込められた女性の自立というテーマをあつかい、抑圧的な夫ともども我が子すらも置き去りにして家を出て行く女主人公・ノラの姿は、ヨーロッパはもちろんのこと、日本でも大きな反響を呼びました。さらには、人間関係をめちゃくちゃにする破滅の使徒のような『ヘッダ・ガブラー』のヘッダは有島の愛した造形で、評論「二つの道」では煩悶のなかで身動きのとれないハムレットと対比して自分の心のままに行動するヘッダ・

ガブラーを大いなる人間類型の一つとして理解しています。葉子の影にヘッダを読む論者も少なくありません。

これにくわえて、イプセンには『海の夫人』という現代劇があったことは思い出されていいでしょう。夫と子供にかこまれ、一見幸福な家庭生活を送っているエリーダは、それでも飽き足らない気持ちを抱えています。未知なる世界である海に憧れ、いつも海で泳いでいるのは、その物足りなさの代償です。そんななか、かつて婚約の約束をした航海士が現われ、一緒に来るように誘われますが、彼女は自分の意志でそれを断り、いまの家族を改めて選びます。その選択を祝福するかのように、最後のト書きでは浜辺から音楽が鳴るよう指示されます。いわば家出をしなかったノラこそがエリーダなのです。

エリーダがもっている海への憧憬は葉子とよく似ています。有島は次のように述べていました。

エリーダは海によつて象徴される無道徳の大威力ある世界に対する憧れを白糸の如き処女時代の胸に宿した女であつた。狭い淋しい家庭生活に捕はれ、そこに予め定められたしきたりに従はねばならぬ身でありながら、砂浜に打上げられた人魚のやうに、絶えず自由な力に充ち満ちた海を忘れることが出来なかつた。（有島武郎「イプセンの仕事振り」、『新潮』、大正九年七月）

可能世界の声

いかにも葉子風です。エリーダの夫は医師でしたが、葉子の場合、父親がそうでした。またエリーダは神経過敏症をいやすため海で泳ぐ習慣がありましたが――だからこそ彼女は「海の夫人」と呼ばれるのですが――、葉子も特に後編に入ってからは「ヒステリー症」による感情の乱高下で周囲の人々を遠ざけていくことになりました。似ています。

けれども、決定的に異なるのは、エリーダが自分の意志と責任で二者択一の伴侶を選んだのに対して、葉子はいわば二者両得、まだ使える可能性をストックする、ずる賢さがありました。木部への未練がましい言葉もその一つでしょう。それがために、倉地から「後釜には木村を何時でもなほせるやうに喰ひ残しをしとるんだな」という疑念を起こさせもするのです。二重張りは許さない、というわけです。

そういう意味でいえば、「おーい、おい」という海の声は、実現されなかったものの事後的にみれば十分ありえたかもしれなかった可能世界の声として解釈できるかもしれません。陸が統べる道徳においては、一つの性がたくさんの性と付き合うなどとは言語道断、破廉恥きわまりないことと爪弾きにされますが、ありえたかもしれない可能性は無道徳の海にそそいで互いを呼び合うのです。

もしかしたら生まれさすべきだったのに水子になって死んでいった亡霊の声。決して、木村や木部だけの話ではありません。「多くの男を可なり近くまで潜り込ませて置いて、もう一歩といふ所でつき放した」恋愛ごっこを繰り返し、木部と別れてからも「誰れ彼れの差別もなく近寄つて来る男達に対して勝手気儘を振舞つた」すえ、出発まぎわのアメリカ行き汽船を前に、「葉子さん覚えてゐますか私を……あなたは私の命なんだ」と見知らぬ若者に絡まれるほど経験豊富な葉子には、いくとおりもの男性とのカップリングが予感され、しかもその可能的な分枝一つひとつに応じた自分の未来があったはずです。

もう一つのグリンプスへ

繰り返しになりますが、男性との対によってのみ自分の行く先が望見されてしまうという点に、性差の視点がもつ大きな問題提起があります。彼女は独立した生を決して許されていないのです。組み合わされる男性が少し違うだけで、それに応じて女性の人生が左右される時代がたしかにありました。

いいえ、ことは明治時代に限りません。飛躍するようにみえますが、この困難に触発されたと思われるのが、冥王まさ子が昭和五四年に発表した『ある女のグリンプス』という『或る女』の原タイトルを踏襲したような小説です。留学先だったアメリカのニューヘイヴンに二〇年ぶりに訪れた由岐子は、当地で、レナードとドロレスという、いっとき三角関係になった男女と再会します。「人は二つの現実を同時に生きることも、二つの生を同時に見ることもできないのだった。ただ、岐路に立ったとき選ばなかった方の生があとでかならず、選んだ方の生に躓いて無力になっている自分に襲いかかってくるだけだった」と由岐子は思います。

もしあの男と一緒になっていたら……そのような可能性の後悔＝航海にいざなわれるとき、自分の根拠というべきものがどこにもない頼りなさを痛感してしまったならば、女性たちはそれにどう立ち向かっていけばいいでしょうか。

彼女がレナードに自分の名、「由岐子」の漢字を、「別れの由来という意味よ」「たとえ別れても最後にはきっとふたたび会おう、という願いをこめた名なのよ」と説明するとき、また彼女が自分の過去を「ニューヘイヴン物語」という小説のなかに封じ込めようとするとき、さらにはレナードとのロマンスを経た恋敵にも思えたドロレスを「由岐子が生きなかった可能性」という「半身」として捉えるとき、『ある女のグリンプス』は可能世界の声を男女のカップリングを成就させるのとは別の仕方で昇華させる、そんな救済を語っているようにもみえます。

葉子はもしかしたら別れるという技術に未熟な女性だったのかもしれません。誰かとの別離を不得手とする気持ちは誰にでもあります。ですが、出会ったすべての人たちと付き合いつづけることはできないし、きっとできるべきでもないのです。可能性はあればあるほどいい、というわけではないのです。

第六章

個性以前のもの

第一節　雷雲めぐり

再演される船上の再演

有島は、『或る女』の鎌倉での橋渡しがよほど気に入ったのか、晩年の創作意欲も枯れた大正一二年三月、この場面だけを切り出して『断橋』という一幕ものの戯曲を発表しています。話の筋自体はほぼ変わりません。その代わり無視できない特徴として、国木田独歩の作品要素が織り交ぜられ、特に『運命論者』の高橋信造という登場人物が出てきて木部と会話するという仕掛けが組み込まれていることには目を引くものがあります。

実は『或る女』のなかでも木部が「砂山の砂の中に酒を埋めておいて、ぶらりとやつて来てそれを飲んで酔ふのを楽しみにしてゐるのと知り合ひになりましてね」「徹底した運命論者ですよ」と、高橋らしき男に言及していましたが、台詞をもった人物としては造形されていませんでした。『断橋』は『或る女』では隠されていた二人の落伍者の会話が後日談的に明らかにされます。

独歩の『運命論者』は、砂浜に埋めておいた酒を隠れて飲むことを日課にする高橋信造とひょんなことから知り合いになった「自分」が、愛する妻が生き別れた妹でしかも彼女の母が父の仇《かたき》であったという高橋の半生の秘密を教わる、そういう小説でした。舞台になっているのは鎌倉の由比ヶ浜、特に滑川《なめりがわ》という川の畔で、実はここは『或る女』で葉子と木部が再会を果たした地点なのです。ですから、木部と高橋が語り合う場面は、同じ場所を介して登場人物が自由に作品間移動を果たしたかのような錯覚をおぼえます。

後日談が明らかにされる、と書きました。といっても、読んでみれば分かるとおり、なんということもなく、小説で明らかにされていた二人の設定をなぞるだけの別段なんてことない、面白味のない展開しかありません。

では、『断橋』とは過去作の単なるコラージュにすぎないのでしょうか。いえ、元になった小説には見られない細工が二つあります。第一はタイトルの由来ともなった壊れた橋です。暴風雨があって橋が落ちてしまっているために、木部が倉地と葉子を橋渡しする行為がずっと自然なものとしてつくり直されています。

「稲妻」の演出

もう一つ見逃せない細工は、非常に細かいことですが、舞台中ずっと雷が鳴っているという設定の追加です。高橋の第一の台詞から「今日も稲妻がしますかなあ」と始まり、二人が釣り場から立ち去ったあとの最後のト書きには「舞台空虚。大倉の山なみの上に集つた雲の中で稲妻がしきりと光る。／静かに幕」と、演出的統一が目指されています。

なぜ「稲妻」を光らせるのでしょうか。一応、その答えは高橋の台詞から読みとることができます。彼は運命に翻弄された自分の人生を雷光の一瞬に喩えるのです。

だから私は万事が運命だと主張するのです。私見たいに逃げ場のない程運命に追ひつめられると、それがよく分ります。稲妻のやうに、ぱつと光つた人生を見せるかと思ふと、そのあとさきは暗闇です。木部さん、私は人間を愛しましたよ。真剣に、熱い心で愛したと思ひますよ。けれどもその報酬は暗闇ぢやありませんか。（有島武郎『断橋』、『泉』、大正一二年三月）

人生／運命の関係を稲妻／暗闇の関係に喩えています。前者がどんなに鋭く輝き走ったとしても、一瞬ののちには後者に呑み込まれて跡形《あとかた》もない。数奇なさだめに翻弄された高橋が、個人の自由意志を超えて人を惑《まど》わす運命を信ずるようになった所以です。

この「稲妻」思想は元の『運命論者』にはない、有島がつけくわえたオリジナルな台詞です。いささか凡庸にみえますが、有島にとってこの比喩が一定の重みをもって用いられただろうことは想像にかたくありません。というのも、有島にとってみれば、この比喩づかいにはそれなりの来歴があったからです。

問題文芸論

まずは大正九年一月の評論「文芸と「問題」」を訪ねてみましょう。ここでは、「存在」／「時」という名詞の関係が、稲妻／暗闇の関係に重なっています。

存在が「時」を切り劈《さ》いて流れる有様を私は稲妻の姿で考へるより適切なものはないと思ふ。力――如何にしてさう云ふものが創り出されたかを私は知らない。然しながら存在は力であつて且《か》つ力の源だ。それが暗黒な密雲に蔽はれた空間にも等しい「時」を劈いて、宛《さなが》ら電火のやうな勢ひで閃いて行く。而してその有り余る程の力は稲妻が直線を描いて走る事なく、僅かの抵抗力にも強靭な曲線を描くやうに、直線よりも更らに烈しい弧状をなして、星馳《せいち》する。私達の生活も亦この凄まじい流れの中にあつて始終してゐるのだ。（有島武郎「文芸と「問題」」、『新潮』、大正九年一月）

なんの話をしているのやら、まるでちんぷんかんぷんです。有島はこの短文の冒頭で、「文芸の中に所謂「問題」なるものが取扱はれてゐゝか悪いかと云ふ事は」「芸術至上主義者が他派の作品を攻撃すべき題目として論議に上せられてゐる」と述べ、これについての自分の考えを披露しましょうと筆をとった理由を説明しています。

時は妻の安子が入院してしまう大正四年にさかのぼります。その元日に中村星湖という作家が評論「問題文芸の提起」を発表しました。これに呼応して文芸評論家や実作者たちが侃侃諤《かんかんがく》諤《がく》と論じあい、いくつかの雑誌が問題文芸（問題小説）のテーマで特集を組むことで、問題文芸論と呼べる一つの潮流が生まれました。

星湖の主張は、文章の短さとスローガン然とした言葉遣いもあって、やや茫漠とした印象もないではないのですが、とまれ、文芸が読者の未来の人生にとって暗示のあるもの、つまり「問題」でなければならず、「芸術の為めの芸術ではない」文芸復興を訴えたものでした。

フランスの作家であるテオフィル・ゴーティエは「芸術のための芸術」(l'art pour l'art)という言葉を残し、道徳や社会生活に奉仕することない芸術それ自体の自律性を訴え、芸術至上主義の立場を確立させたといわれています。これとは反対に問題文芸論は、論者によって「問題」の定義に幅はあれど、社会のための芸術や人生のための芸術を考える一つのきっかけになったのでした。

曲線＝過渡期

さて、有島は問題文芸論にどのように答えたのでしょう。

端的にいうと問題文芸論に共感的です。「存在」だとか「力」だとかいう、ぴんとこない語を操ってはいましたが、要するにそれは芸術家や彼がもつ創作意欲のことであり、「問題」とはそこに宿る「時」性、具体的な時代性や社会性の刻印を指します。時代的・社会的な文学があっても不思議ではない、これが有島の主張です。

勘所は「稲妻」が直線ではなく曲線を描くということです。なぜ真っ直ぐに進めないのか。直線を邪魔して、線を歪曲させる障害物が進行途上にあるからです。まさしく、それこそが「問題」なのです。たとえば、有島によれば、ダンテの書いたものには「問題」が豊富ですがシェイクスピアには乏しく、それは彼らが身を置いた時代が求める必至で、作の出来の優劣に還元できません。

暗黒の中世期から新時代へという画期に臨んだダンテと、多少の混乱はあれどヨーロッパ内で安定した地歩を固めた時期のイギリスにいたシェイクスピアとでは生きた時代が異なります。「文化の方向は平野を大河が海に朝するやうな盛容を以てま、じ、ろ、ぎもせず直走してゐた」と有島は当時のイギリスの文化状況を説明しています。「問題」がないためにこれも曲がりません。

シェイクスピアに「問題」がない、というのは本当に本当だろうか、とどうにも疑わずにはいられませんが、とまれ、注目しておきたいのは、有島が芸術作品に時代性が発生するのは、文化の「過渡期」に限定されると理解していることです。言い換えると「昂進期《こうしん》」（はじまり）と「衰退期」（おわり）の中間でなければ「問題」はありえません。いわく「昂進期と衰退期とは之《こ》れを一直線上に置く事が出来る。而してその線の大小を以て現はす事が出来る。然しながら過渡期に至つては曲線を以てゞなければ示す事が出来ない。それは文化方向の転換を意味するからである」。ダンテは画期にいたから「問題」を有し、その作品は稲妻のように曲がった軌跡を描いてしまった、というのです。線は道草の弧を描くことで自らを引き延ばしていきます。

三　生活論

稲妻はもう一つ光ります。先の評論の同年六月に発表された有島思想の集大成ともいうべき『惜みなく愛は奪ふ』のなかで、彼は次のように述べていました。

黒雲を劈いて天の一角から一角に流れて行く電光の姿はまた私に本能の奔流の力強さと鋭さを考へさせる。力ある弧状を描いて走るその電光のこゝかしこに本流から分岐して大樹の枝のやうに目的点に星馳する支流を見ることがあるだらう。あの支流の末は往々にして、黒雲に呑れて消え失せてしまふ。人間の本能的生活の中にも屢かゝる現象は起らないだらうか。ある人が純粋に本能的の動向によつて動く時、誤つて本能そのものゝ歩みよりも更らに急がうとする。而して遂に本能の主潮から逸して、自滅に導く迷路の上を驀地に馳せ進む。（有

島武郎『惜みなく愛は奪ふ』、『有島武郎著作集』第一一輯、大正九年六月）

さて、ちんぷんかんぷんが還ってきました。有島はなんの話をしているのでしょう。評論のなかで有島は、「習性的生活」「知的生活」「本能的生活」という人間の三つの生活様式を区別して、最後のものに自身の理想を見出しました。本能的生活者になりたい。そういう想いが全篇を貫いています。

習性的生活（habitual life）とは、外界からやってくる刺激に対してわざわざ反省することなく、流されるまま流れていく受動的な生活のことです。たとえば、朝起きて顔を洗って歯を磨いてコーヒーを飲んで……といった毎日繰り返している習慣に関してわざわざ、本当にするべきだろうか、と自問することはありません。慣れに従って動いているはずです。反対に、いつも通りインスタントコーヒーを入れようと思った刹那、休日に買ってきた少し高い紅茶の缶を思い出して、ああ、たまには優雅な朝でも演出しようかしらん、それともそんな悠長にしている時間なんて……と思い悩むのならば、そこでは知的生活（intellectual life）が始まっているといっていいでしょう。自分（紅茶を飲みたい）と外界（出勤の予定が許さない）が対立して、迷ったり躊躇したり葛藤したりする。外からやってくる刺激にただ従うのではない抵抗のあり方です。有島は、第一のものを「無元の世界」、第二のものを「二元の世界」とも呼びました。

葛藤がはじまったことは結構ですが、これではまだ紅茶に到達できません。予見される外界の様々な雑事、電車に遅れるだとか取引先の人に迷惑がかかるとか会社を首になったらどうしようだとか、人間関係や社会生活のあれこれをいったん考えだしてしまえば、とたん新たな意欲はしぼみ本当の自分を押し殺さねばなりません。ですが、まさにここにおいて、いま現在の自分の欲求に素直に従い、えいや、とティーポットを温めはじめる生活こそ本能的生活(impulsive life)になるわけです。ここがロードスです。自分自身しかいない「一元の生活」にほかなりません。

分岐して消失する

本能的生活者の特徴とは、外がない、ということにあります。電車のダイヤや取引先の困った顔や社の雇用規則のことを考えながら紅茶を飲んでいてもまったく美味しくありません。外界を忘れて、ただただ自分のやりたいことに没頭してこその本能です。

雷雲に戻りましょう。「文芸と「問題」」では、稲妻が弧（曲線）を描くことに焦点がしぼられていました。その偏向の原因は、個人にとって外的な時代要因が障害物となって横たわっていたからでした。

対して、『惜みなく愛は奪ふ』では、曲がるかどうかにもう着目しません。「弧状」をなすことは前提の上で、「本流から分岐し」た「支流」の稲妻が「黒雲」に呑み込まれて消えてしまう運命を強調しています。分れること、そして消えていくこと。有島によれば、これは本能的生活者がおちいりやすい傾向です。『生れ出づる悩み』の「君」の描いた画は、彼の妹によって「雲が黒過ぎるでねえか」と評されていましたが、ここでの文脈を翻って当てはめれば、芸術的魂の悲しい定めを深読みできるでしょう。

有島は本能的生活を英訳して「Impulsive Life」と表記していました。本能的を訳すのならば、instinctive や instinctual を選んでもいいようなものですが、そうではありません。選択されたインパルス的というのは、瞬間的に発火する電流の如くより衝動的なものであり、それは「電光」の比喩にかなうといっていいでしょう。

興味深いのは、本能と本能的生活者のあいだには、つまりは雷の本流と支流のあいだにはギヤップがあるということです。有島にとって本能とは創造的な生命が脈々と受け継いできた大いなる進化の流れを意味します。単細胞生物が多細胞生物になって、植物が生まれ、動物が生まれ、人間が生まれ……という多様な形態の分化をうながす力こそが「私の個性の核心を造り上げてゐる」といわれます。個性のかけがえなさは、進化の運動に基礎づけられていたのです。

にもかかわらず、本能的生活者は「誤つて本能そのものゝ歩みよりも更らに急」いだ結果、しばしば自滅的な振る舞いに至ります。有島はこの逸脱を決して否定的に捉えません。否定するのは主に知的生活者の見方で、彼らは合理的になすべきことを計算して、その通りに動かない逸脱を馬鹿にしますが、本能的生活者は合理的正解などお構いなしに野放図に突っ走ります。闇雲に走ります、闇雲を走路にして。最晩年の評論「文化の末路」では、この構図を踏襲して、精子群から離脱して単独で卵細胞の「被膜」突破を目指す一精虫に、群れない「叛逆者」性を認めつつ同時に受精という生物学的念願にかなった「集団の意志」の一致を読み込みます。

本能的生活者はその力強さのために、自分が属していたはずの本能の援助を受けられずに力を失ってしまう。力強さがかえって力の根源との連絡を絶つ。分岐してしまったがゆえに消えていく。つい葉子のことを思い出してしまいます。または仁右衛門のことを。実際、自由気儘に生きようと欲する彼らに本能的生活者の具体像を読む論者は後を絶ちません。

「暗闇」の末路

有島にとって愛とは他を奪って己を豊かにする荒々しいエネルギーのことでした。『惜みなく愛は奪ふ』では、先行する一連の愛論を本能の流れにつなぎ合わせるアクロバットを披露しています。「人間によつて切取られた本能――それを人は一般に愛と呼ばないだらうか」。個々人の核をなす個性の根底には、生命、本能、つまりは愛がある。この概念の連鎖が肝心です。そして、ここにきて「電光」とは、有島が長年愛用してきた愛の概念の喩えとして理解することが許されるのです。

ずいぶん遠回りをしてしまいました。さて、なぜ『断橋』では「稲妻」が鳴っているのでしょう。端的にいえば、それは本能的生活者の成れの果てを描こうとする意図に由来しているのではないでしょうか。『断橋』の高橋とは、妻を「熱い心で愛した」結果、運命の悪戯が災いして近親相姦に陥ってしまっていたという「暗闇」のなかの登場人物でした。パッと光り、そして消えていく人生。この描写は『惜みなく愛は奪ふ』の「電光」、本能的生活の比喩を正確に踏んでいます。

有島が『断橋』という『或る女』の一場面、もうすでに終わったはずの過去作の一景をわざわざ戯曲化させたのは、その後、自分の評論作品において組み立てた本能的生活論を創作に活かしたいという企図に由来するように思われます。

企図の成敗、作の出来不出来はここでは問いません。というよりも、正直にいえば『断橋』は『或る女』を読んだ者にはつまらなく、読んでいない者にはいささか不可解な、中途半端な一作にとどまっているようにみえます。

ですが、それでも『断橋』は有島を論じるうえでなくてはならない作品だと思います。それというのも、有島の強調した「稲妻」または「電光」に逆らって、結果的には、それら線形を曲げ、分岐した閃光を最後には呑み込んでしまう、背景《バックグラウンド》としての「黒雲」に注意が向くよう有島読者を促すからです。図《フィギュア》は地《グラウンド》とともにあります。本能は外をかえりみません。それでも、外はそんなことお構いなしに本能の軌道を確実に変えてしまうのです。

本能の流れを汲む各人の個性そのものよりもはぐれた個性を囲繞《いにょう》する環境の方へ。宿命のように割り当てられた、時代や場所や社会制度の圧で歪んだ、愛以前の一帯へと向かわねばなりません。

第二節　懐郷する芸術を超えて

個人展覧会のすすめ

雷雲めぐりとは別の足どりで、『惜みなく愛は奪ふ』に至る道筋をたどってみましょう。芸術作品の、とりわけ鑑賞のあり方に関する一連の評論文です。

有島は、留学先のハヴァフォード大学を卒業しアメリカでさらなる独学に邁進したあと、帰国する前に、弟の生馬とともにドイツ、オランダ、イタリア、フランスといったヨーロッパ各地を遊行し、当地の美術館を熱心に訪れていました。当時の日記とともに紀行文集『旅する心』にはそのときの記録が残されています。

雑誌『白樺』は、多くの西洋美術を日本に紹介したことで有名ですが、同人の多くは印刷物を介してでしかそれら海外の作品を知ることはかないませんでした。美術史的にみると紹介の脈絡がめちゃくちゃだ、という後年からの批判は複製の制約にも由来していましょう。豊富な留学経験をもつ有島は、その点でも、白樺派のなかで特別な位置を占めています。自分は本物の芸術作品を本当の場所で鑑賞したのだ、という自負が彼のなかにはあったはずです。

その自負が、他人と相克的な相をみせるのが、大正九年一月に発表された評論「美術鑑賞の方法に就て」から発する本間久雄との論争です。

大正期の美術展覧会を考えるには、明治四〇年から始まる文展（文部省美術展覧会）との距離を測ることが便宜です。つまり文展は、新進芸術家の登竜門であると同時に、権威主義的な舞台でもあって、これへの反発から多くの独立した展覧会活動が興ってくるのです。大正三年の二科会（二科展）はその代表でした。弟の生馬は二科会の創立に深く関わってもいました。

有島は、評論のなかで、芸術作品が貴族や特権階級の専有物だったのにだんだんと民衆たちに開かれてきた歴史を指摘し、展覧会とはそもそもそういった民主化の一つの現われであったといいます。けれども、そんな展覧会さえも大家が作品の選定役をつとめることで、間接的に権威へと服従してしまう。たとえば文展。「一人一流派」の思想から、権威主義や慣れ合いを拒否した結果、その解決策として「個人展覧会」を応援する。これが「美術鑑賞の方法に就て」の第一の主張になります。

ちなみに、こういった有島の一人一派の考え方は、二年後の大正一一年、毎月の締め切りや批評家連中の無理解に嫌気がさし、個人雑誌『泉』を創刊するという出版活動と地続きになっています。創刊号の巻頭言では、「一家一流派」の考え方から「自分一個の雑誌を持つのは当然なこと」と説明しています。これが展覧会的「一人一流派」の小説家版であることを見るのはたやすいでしょう。『断橋』はここに掲載された戯曲でした。

生まれ故郷へ還れ

確認しておきたいのは、有島にとって芸術作品とは個々人のユニークな個性を表現するものであって、そのためには、展覧会であれ雑誌であれ、作品が並ぶ場《メディア》もまた個人化して当然、という論理の流れです。

その上で、「美術鑑賞の方法に就て」では、もう一つの興味深い論点が示されます。まさしく芸術作品に刻まれた風土性についてです。

個人展覧会では、通常の展覧会とは異なり、ある芸術家の仕事の総体、その集成を展示することができます。切片でほうり出さなくていい。それは、個性を表現するという目的からしても最適な展示法なわけですが、しかしながら、展示の場所そのものを間違えてしまっては元も子もありません。つまり、本書の序章で言い及んだように、イタリアで生まれたものはイタリアの地で、オランダで生まれたものはオランダで、という芸術作品の真正の受容を生まれ故郷との一致に求めようとするのです。

作品と故郷という、このセットがたがう状況は悦ばしくありません。母から切り放されてしまった可哀想な子供のようなものです。評論の言葉を借りていえば「剣がその鞘を慕ふやうに」作品と故郷は切り離せず、有島武郎とは鞘こそが剣のかたちをかたどっているのではないかという本末転倒の不安にさいなまれつづけた知識人でした。

ですので、有島の鑑賞論はより大胆な国際的提言につながっていきます。つまり、芸術家（の作品）とその風土は一対なのだから、過去の名作はみだりに外国へ輸出してはならず、自国にとどめておかなければならない……だからこそ「Restoration of art to its own birthplace」、すなわち「各国の代表的芸術品をその仮りの宿りからその生れ故郷なる本国に返済し合つて貰ひたい」というのです。ホームシックで泣いている作品たちを救わねばなりません。

白樺美術館に反して

このような提言は、『白樺』の同人たちときっと反目するものであったはずです。『白樺』はその最初期から複製品を用いた美術展覧会を数多く企画していましたが、その延長線上で、白樺美術館の建設を計画していました。おそらくは創刊一〇周年になる大正九年完成を目指して、大正八年三月を目処に誌面で寄付をつのり、毎号、寄付者の名とともに集まった寄付金の報告をしています。そして、その寄付金の主要な用途は、セザンヌやゴッホの絵画を買うこと、つまりは「本物を日本で見る」ことにありました。

カネに力をいわせて芸術作品を買収し身近に置いておく。まさしく有島が批判している行為そのものです。

同人たちが、自前の美術館を欲したのにはそれなりの前史があります。明治四三年一一月、フランスの彫刻家であるオーギュスト・ロダンの七〇歳の誕生日を記念して『白樺』はロダン特集号を組むのですが、これをきっかけにロダンとの交流が発生、浮世絵を送ったところ御礼に本人から三つの彫刻作品をプレゼントされ、さらには自分の展覧会を東京でやりたいという返事をもらう僥倖《ぎょうこう》にあずかります——ちなみに、日本で最初に到来したロダン作品がこれになります――。ですが、せっかくの宝をどのように保存・展示すればいいのでしょう。当時の美術協会はどうにも協力的でありません。そこで求めたものこそ、美術館建設計画だったはずです。

ロダン特集号で有島は、近代において失われてしまった共同体の復活を目論むクロポトキンを念頭におきながら、中世的作風を時代錯誤的に受け継ぐロダンを賛美した評論「叛逆者」を寄稿しています。この評論が所収された第四著作輯はその名も『叛逆者』と名づけられていますが、その第一ページには「この輯を白樺美術館に捧ぐ」という献辞があります。

ですが、有島にとって美術館計画が自身の意に添わないものだったろうことは、寄付報告に名が見当たらないことと合わせてみても、推察していいことがらです。

寄付金をしぶったとは思えません。というのも、大正一〇年一月、同人の一人である柳宗悦《むねよし》によって呼びかけられた朝鮮民族美術館に関する寄付報告にはちゃんと名前が載っているからです。朝鮮陶磁器の愛好者だった柳は、「民族芸術 Folk Art」の蒐集《しゅうしゅう》と展示を目的にした美術館建設を目指すのですが、特徴的なことに彼は「その美術館を、東京ではなく京城（現在のソウル）の地に建てよう」としていました。いわく「特にその民族とその自然とに、密接な関係を持つ朝鮮の作品は、永く朝鮮の人々の間に置かれねばならぬと思ふ。その地に生れ出たものは、その地に帰るのが自然であらう」。柳の朝鮮文化への関心は、やがて暮らしのなかで人々が使う日用品に美を見出していく民芸運動へと結ばれていくのですが、ここでの提言には有島の考え方を引き写したかのような思想が息づいています。

芸術のコスモポリタニズム？

それにしても、芸術作品とは国境でその本性を異にする生まれ故郷に縛られた、そんな偏狭なものなのでしょうか。本間久雄はここを衝いていきます。本間は早稲田大学で教鞭をとっていた英文学者で、オスカー・ワイルドの研究で有名ですが、大正期には文芸評論にも力を入れていました。

批判文「芸術鑑賞の悦び」で、まず本間は、個人展覧会の擁護ふくめて、有島の個人単位でものを考える姿勢を高く評価します。ただ、それ故にこそ、「生れ故郷」に拘泥する提言はいただけません。

本間にとって個性を表現するための芸術は、「対作者関係に於て、対時代関係に於て、対郷土関係に於て、極めて個的なものである。と、同時に個的であればあるほど、それは世界的、人類的、全的なもの」です。つまり、本間にとって芸術作品とは、仮託されたその個性だけで勝負できるのだからどこで生まれたなどは関係ない、それ単独で普遍的世界主義《コスモポリタニズム》に参入できるものなのです。この前提を認められないのならば、「芸術は、その時代の、その郷土人にしか了解されないということになりはしないか」という問いかけに屈服せねばならず、いうまでもなく芸術とはそんな「鎖国的なものではない」ということになります。

本間久雄(左，朝日新聞社提供)

このような意見に対して有島はどのように対応したのでしょう。同年四月に発表した、「美術鑑賞の方法について再び」のなかで、まず有島は返却提言が自分の実感に由来するものであることを説明します。つまり、アメリカ留学時に美術館に訪れたさい蒐集された各国の作品群に何の感動も覚えなかったこと、対して、ヨーロッパ旅行のさいイタリアのヴェネツィアはサン・マルコ寺院でみたフラ・アンジェリコの壁画には芸術家の内部生活に触れる感触があったこと、そして同じことがオランダで実見したその土地の絵画でも起こったこと。こうした実体験から芸術作品とそれを取り囲む環境が深く結びついていると悟ったのだ、というのです。

有島は「何事にかけても功利一遍で押通すやうな米国の大都会の真中で、冷たい直線で区切られた大箱のやうな広間の片隅に、ごちや〳〵と列《なら》べてある浮世絵の幾枚かを想像して下さい」と、アメリカ的都市環境と日本の浮世絵のちぐはぐさに注意を促しています。思えば、最初の評論でも「日本の浮世絵に特有な価値は、それが湿《うるお》ひの豊かな重い空気と、微笑む如き温和な日光と、藍色を基調とする一種の自然の色彩との間に置かれなければ」と、浮世絵が日本の風土性を負っていることに自覚的でした。

ミリウという殻

ここで有島は説得のために、「芸術鑑賞の悦び」とは別の本間の文章に言及します。三月に発表されていた「文学と時代との関係」です。本間はそのなかで、ロシアの作家であるツルゲーネフがこしらえた登場人物は「歴史の造つた型」で、これを理解するには当時のロシア政治史を把握していなければならないと述べています。「文芸と時代とがいかに密接不離な関係にあるかはこれによつても充分に推知されることであらう」ともいっています。

さあ、攻めどきです。有島はこの「密接不離」の文章を引用し、それこそ自分の主張する芸術作品の風土性、すなわち「ミリウ」のもつ力なのだといっています。そして、本間の「密接不離」説は、文芸だけでなく絵画や彫刻や建築など芸術一般にも当てはめられなければならない、と。あなたは私の言葉に非難をぶつけてくるが、当のあなたは私と同じことを言ってるじゃないか、というわけです。

有島のいう「ミリウ」が単なる場所だけでなく、時代的制約をもふくみこむ非常に幅広い含意をもつことに注意が向きますが、ここでの議論が、有島なりの問題文芸論、稲妻(存在)／暗闇(時)の比喩とも連絡していることにお気づきでしょうか。稲妻はなぜ直線ではなく弧を描くのか。障害物があるからでした。芸術的衝動にことを置き直してみれば、ダンテがそうであったように、放り込まれた時代の過渡期的刻印が作品に表出してしまう制約は、いかんともしがたいものでした。

ですので、「美術鑑賞の方法について再び」のなかでも、末尾に至って過去から現在へという芸術環境の変化が語られます。

立派な芸術家はいかなる時いかなる所におかれても独自な個性の持主であるに相違ありません。唯、大体に云つて、過去に遡れば遡る程、ミリウと云ふものが強い圧力であり、誘惑であり、モティブであつたやうに見えます。何故ならば一つのミリウは他のミリウから厳重に切り放され易かつたからです。従つて一つのミリウの中に生活する人は容易にそれから切り放されて自分を眺めて見る余裕を与へられないでゐました。言葉を換へて云へば、個性が表現される為めには勢ひミリウの堅い殻を着なければならなかつたのです。個性は時代や場所と複雑の交錯をなさねばならなかつたのです。（有島武郎「美術鑑賞の方法について再び」、『雄弁』、大正九年四月）

殻は脱げるか

ミリウという固い殻を装着せねば柔らかな個性を表現できない時代があった。動きにくくても装甲で守らねばならない時代があった。ならば、少なくともその時代に生まれた作品はミリウと一緒に味わわねば。これが有島の鑑賞論です。

ただし、これはあくまで過去の芸術に限定された提言であることは、どんなに強調しても、しすぎることはありません。たとえば、シーザーが治めていた時代にあってはローマ人とブルターニュ人の衣服を見分けることは容易ですが、いまのヨーロッパ人の服装にはほとんど区別らしい区別が見つかりません。それと同じように、現在に至り、そして未来に進むにつれて、「一つのミリウの圏は段々に拡がり且つ稀薄になつて行き」、最終的に「世界はやがて一つのミリウに至るでせう」と有島は予言的な言葉を書きしるすのです。「私達はミリウと云ふ異邦から個性といふ故郷に移住しつゝある」。ミリウの負荷を限りなくゼロにできる未来が肯定的に語られます。

これにて一件落着、と思いきや、実は論争はまだ終わりません。本間はまだ有島に不満をもっています。「有島武郎氏へ——再び芸術鑑賞の悦びについて」では、互いの論旨を確認しつつ、個性とミリウの結びつきを尊重しても、それは製作問題であって鑑賞問題とは別であると主張します。作り手が縛られていたとしても、受け手がそれに従う理由なんてないでしょう、と。そして、その延長線上でミリウを尊重したとしても、有島的「ミリウより個性への移転」の説を認めることはできない、なぜならばその二つが「密接不離」ならば、画一化した「さういふミリウに包まれた場合には、作家の個性も亦自ら異なるべき」という疑問が生じる、と切って返すのです。

有島は個性とセットになったミリウを「殻」と表現しました。殻がなければやってけない時代は厳然とあったものの、そもそも大事なのはその中身でしょう、という筋です。本間は、その結びつきの絶対をいうのならば殻が変われば中身の方も変わらずにはいられないだろう、と批判を繰り出すのです。もし殻が肉づきの面のようにその身と一体になっているのならば、いい加減をみて外せばいいでしょう、と言われても、なるほど説得力を欠くかもしれません。

青森人は世界人に

さて、再び。有島は本間にどう答えたのでしょう。応答文「再び本間久雄氏に」のなかで有島は、鹿児島で栽培したボンタンを青森の人が食べるようになってきた文明の発展を確認しています。南方の暖かい環境から生まれたものさえも寒い雪国の人々と共有できる状況というのは、改めて驚いていいことがらです。

その背後には交通や運送に関するもろもろの技術的発明があります。電車と線路、自動車と道路、飛行機と空路、これらに関連する交通ルールの周知化。長距離移動に必要な保存技術のあれこれ。こういった交通網の(物理的なだけでなく)社会的な整備を経て初めて鹿児島と青森は環境を同じくすることができます。そして確かに人類の偉大さは一寸見いかにも難しいこの難題を徐々にクリアしてきました。

大正期にはすでにして今日グローバリゼーションと呼ばれる現象の初期段階、芽生えのようなものを読むことができます。有島にとってその環境の変化は、人間の技術の力によって自然の地理的境界が踏み越えられていく未来像を指していたようです。踏み越えるぶんだけ「青森人の環境は拡げられ」、「かくて環境は相互的に(amalgamate)して地方的の特色を失つて行きつゝあ」ります。

アマルガムとは、水銀と他の金属を合わせてできた合金を意味し、そこから混合物一般を意味するようになった言葉です。地方色がマーブル状に混ざり合って一つになっていく。本書では、そういった状況を統一と区別して混一と呼んでいました。日本だけの話ではありません。

これが全世界的な潮流だったならば、果たしてどうでしょうか。「米国から輸入された林檎の木を持つ青森人は、昔の青森人ではなく、林檎の木を持つただけ米国人になつてゐる」、「青森人は遂に世界人になつてしまふでせう」という有島の言葉は、内村鑑三『地人論』の残響とともに、グローバリゼーションを生きる私たち(Apple製品を使う私たち!)にとって決して誇張とはいえない響きがあるはずです。

第三節　個性を蔽うもの

「地殻」批判

それにしても、環境のアマルガムを、負荷なき環境の実現、障害物なき純粋な個性表現の理想郷と捉えていいものでしょうか。本間と歩みをそろえ、過去の芸術作品がその「ミリウ」とともに成立していたならば、現在、そして未来もまた、複数の環境が混交し混淆した「ミリウ」とともにあるというべきなのではないでしょうか。

有島は「ミリウ」のことを「殻」と表現していました。さて、やっと『惜みなく愛は奪ふ』

まで戻ってきました。この評論の前半部は世俗的な遠慮や逡巡のなかで生きる語り手の「私」に対して、探求の対象である「個性」が、「私はお前だ。私はお前の精髄だ」という調子でとくとくと説教する、独特の語りの体裁をとっています。知的生活者としての自分を本能的生活者に相当する理想の自分が弾劾する、というわけです。一種の自己内対話です。このようなスタイルは先立つ大正三年の「内部生活の現象」という評論で用いられ、それがそのまま引き継がれているのですが、とまれ、説教のなかで「個性」は自らの総体を「地球」に見立て、「私」を「地殻」の比喩で語ります。

お前は地球の地殻のやうなものだ。千態万様の相に分れて、地殻は目まぐるしい変化を現じてはゐるが、畢竟そこに見出されるものは、静止であり、結果であり、死に近づきつゝあるものであり、奥行のない現象である。私は謂はゞ地球の内部だ。〔中略〕地球の内部が残つてゐさへすれば、縦令《たとい》地殻が跡形なく壊れてしまつても、一つの遊星としての存在を続ける事が出来るのだ。（有島武郎『惜みなく愛は奪ふ』、『有島武郎著作集』第一一輯、大正九年六月）

環境に囚われた個性が異郷のなかでもがいているのだとしたら、環境の混合過程を経ることで個性は「殻」から解き放たれて己の真の故郷に帰ってこれる。これが「美術鑑賞の方法について再び」で提出された希望でした。ここで語られているのも畢竟同じことです。障害物のない個性の純粋な表現のためには、外界に後ろ髪引かれた「私」、すなわち「地殼」など必要ない。地球の核さえあれば表層の組成がどう変わろうが、そもそもなくなろうが、一向に構わぬ。知性的生活の主体である中途半端な「私」とは、外界との接触のなかで深く傷つき、不純物とないまぜになった個性の瘡蓋《かさぶた》のようなものです。実際、有島も述べています。「外界は謂はゞお前の皮膚を包む皮膚のやうになつてゐる」と。まさしく皮相なのです。

アーノルド・ギヨーの地人論は、地域(大陸)、そして人種に、歴史というドラマにおけるそれぞれ異なる部分=役目(part)を割り当てていました。そして、その配役のあいだには、ときにぬぐいがたい序列が滑り込んでしまうこともすでに確認したところです。有島の「地殼」批判は、かつて自身が依拠した地理学との決定的な別れ、つまり、個性にくっつく環境的不純物(=「ミリウ」)を徹底的に除去し、さらには古い環境に心惹かれてしまう弱い自分自身さえも厳しく叱ることで、地域にも人種にもかかずらうことのない自由で平等な個性一元の世界へと飛び立つ、その決死の踏ん張りだったといえましょう。

ですが、どうでしょうか。単に言葉の上で個性を褒めたたえてそれで問題が解決したというべきでしょうか。

黒人種のような階級

地殻よりも地核が、皮膚よりも骨肉が大事。ところでもう少し経ってから有島は評論文「宣言一つ」の重要な箇所で、皮膚の色についての比喩を用いていました。要約するとだいたい次のような論旨です。第四階級(労働者階級、プロレタリア)の運動が最近さかんだが、その社会的困難は階級の当事者だけで解決していくほかない。他の階級、とりわけ自分やクロポトキンに代表されるような知識人階級(ブルジョワ)など無用の長物、その助力はお節介きわまりない。そして、「今後私の生活が如何様に変らうとも、私は結局在来の支配階級者の所産であるに相違ないことは、黒人種がいくら石鹼で洗ひ立てられても、黒人種たるを失はないのと同様であるだらう」。端的にいえば階級を超えた連帯は絶望的である。

石鹼で洗われるのは黒人の黒い肌です。ですが、『惜みなく愛は奪ふ』を読んだ者ならば、疑問百出は避けられません。「皮膚」とは些末なものだったのではないか、個性さえあれば、階級がどうであるとか人種がなんであるかなんて関係ない、つまりは未来に向かうほど環境的障害を乗り越えることができるのではなかったか。

『惜みなく愛は奪ふ』のなかで有島は「色は遂に独立するに至つた」と書き、当時、勃興していた新しい芸術思潮を歓迎しています。けれども、画布の色が解放されたとしても肌色は依然として人種の筆法に統べられていると観念するほかないのでしょうか。「宣言一つ」での有島は、一つの環境をたくさんの環境で解き放つにはまだまだ時代の進み方が不十分で、自分はその前時代に取り残された古い人である、と諦めてしまっているかのようです。

代表できない

大正一一年四月、『現代』という雑誌が「余が代議士であつたら」という文学者へのアンケート企画を実施しています。政治家になったらなにをしますか？　有島はこれに「代議士をやめます」と、一言で答えています。

いやいやそういうことを聞きたいわけじゃないんだぜ、と即座に水を差したくなるところですが、この真面目すぎておかしみさえもふくんだ答え方はいかにも有島風です。誰かのために(代わりに)なにかをする、自分が何者かの代表である、という傲慢を自分に厳しく戒める、相手からクレームが入る前に先んじて自戒する、ここに有島的倫理の骨格があります。

階級問題に限ったことではありません。有島は『或る女』を完成させていくなかで、当時の被差別的な女性の社会問題に触れ、確かに由々《ゆゆ》しきことではあるが、男性である自分が女性の困難を解決できると高をくくるべきではなく、女性のなかの天才こそが解放運動を推し進めるべきだ、と端から自分の無力を告白しています。己の限界をいち早く察知し、分不相応をわきまえ、他者に道を譲るこの仕草は繰り返される一つのパターンで、実のところ教育問題に関してもこれが用いられます。つまり、子供の世界と大人の世界を厳しく峻別して、その独立を犯さないために放任主義に徹するという方針です。

本間久雄は有島の「宣言一つ」に対して、「ブルジョアとプロレタリヤとの区別は、決して白人種と黒人種といふやうなその人種の先天的又は本質的区別ではなく」「後天的区別である」と再び有島に疑問を投げかけていました。本間にとっての「本質的区別」とは個々人の個性のことを念頭においています。鑑賞論のときの対立を再現するかのように、個性をあくまで信じる批評家と環境の不安に怯《おび》える作家がここでにらみ合っています。『惜みなく愛は奪ふ』であれほど個性個性と連呼していたのに、その御役は論敵に奪われ、いつのまにか追いやったはずの異郷が還ってくるのです。

愛は汚染に然りと言う

とはいえ、それは必定だったのかもしれません。外界に引っ張られている「私」に対してとくとくと説教し、個性という真の己のもとに帰還させる、という自己内啓蒙は、どこか独りよがりなところがあります。独り相撲な身勝手さがあります。本能的生活者には外がないため、その印象はいよいよ強まります。

外がない、ということは、外と完全に没交渉であるということを意味しません。というのも、有島のいう本能とは、「愛」のことであり、これは「奪ふ本能」を指しました。何を奪うのでしょうか。もちろん、外界です。外界を我が物にする貪欲をただ肯定するところに本能的生活論の真骨頂がありました。

けれども、もし世界に自分しかいないのならば、言い換えれば完成された愛の充実が初期設定として与えられていたならば、わざわざ新たになにかを愛そうとする意欲、奪おうとする衝動そのものが点火されるなどとどうして思えるでしょうか。すべてが手前にあります。完成とはもう動かないということです。

創造的な本能的生活はその意味で決して完成することがありません。愛の欲を我儘に肯定するには、未踏の我を予感させる他者の緊張がなければならないはずです。外界を愛の力でもってぶんどってくる。けれども、そもそも外界に挑戦しようとするには、手前にはない他者性が必要不可欠であり、それを奪い取る過程とは、個性の観点からいえば必ずしも予期の範囲におさまらない汚染を引き受けることと同義なのではないでしょうか。

愛の照準

私たちが誰かを愛すると自覚するとき、ある特定の他者のコアを愛すると自覚します。だから、その人が自分好みの髪を切ってしまったり、収入が激減したり、果ては浮気をした、つまり好いてくれないことが分かったからといって、即座に、また合理的に別の誰かを愛そうとは思いません。別の誰かはどこまでいっても別の人で、その人の代わりにはならない、と直感するからです。

ですが、私たちの愛は他者のコアだけを正確に照準できているでしょうか。たとえば、彼女の両親に挨拶するとき、また彼女が生まれ育った地元を案内されるとき、彼女の好みの食べ物が出されたとき、彼女をつちかってきた彼女の愛の対象たる諸々を自分もまた愛そうと強いて私たちは欲目を働かせます。贔屓しようとします。

スタンダールは「結晶作用」——簡単にいえば、あばたもえくぼ——といい、福永武彦は「融晶作用」——簡単にいえば、坊主憎けりゃ袈裟《けさ》まで憎い——といいました。いずれの作用も愛の対象だけでなく、対象の決して本質的ではない縁暈《えんうん》、「あばた」や「袈裟」にまで広がることを強調せねばなりません。愛は縁暈を愛す。もし愛が全的であることを欲するならば、ここから先はもう愛さないという線引きはありえない。本質をなさない外的なものが「奪ふ愛」にその躍進の場を与えています。

このように愛は常に拡張を命じられますが、それは同時に照準の拡散でもあるはずです。一点で絞れたものが斑状に広がってしまう。そもそも彼女に惹かれたのは最近紅茶にこっているという世間話のなかで、かつて朝のティータイムのせいで会社をクビになったという変な女をむかし好いていたことを思い出したからだった……似ている、の誤認はコアから別のコアへの飛躍を正当化してしまいます。

愛する私と愛される他者は、何の障壁もなく一対一で相対しているのではなく、取り囲む外界と外界に住まう種々の他者たちとともにあります。愛は融通の利かない照準をそなえながら、それなのに確実に逸れて拡散し、外的なものを培養器として用いることで自らを増殖させるのです。

三木清の個性論

環境が環境に流入して混ざり合うように、個性もまた光り輝く一個の金剛石などではなく、外界とのアマルガメーションを許すのかもしれない。純粋な個性のユートピア、というよりも個性の帝国のなかで、奴隷のように一方的に連れてこられた他者性が、にもかかわらず叛逆して個性独裁に対して蜂起ののろしを上げる未聞の機会は、有島の意図を超えて有島作品を読むときの要石だと思います。

大正七年から一一年のあいだ、有島は関西である青年と出会っています。名は三木清。やが

三木清(昭和4年)

て『人生論ノート』という有名な本を書くことになる京都の哲学者で、有島ファンだった友人の谷川徹三に誘われて、彼自身も何度か行動をともにしています。

そんな三木の第一論文が大正九年七月に発表された「個性の理解」というタイトルの個性論——これは改題されて『人生論ノート』の付録として組み込まれます——だったことは、有島から受け取ったものの大きさを類推させます。ちなみに、より後年、幼い娘に宛てた小文「幼き者の為に」は内容的類似や文体の調子の点から、有島の短篇『小さき者へ』を連想させます。

三木の個性論は、ライプニッツのモナドロジーという難しい考え方を摂取し、いかにも哲学青年が書いた抽象的な論文に仕上がっていますが、たとえば彼が個性を理解するには「無限のこころを知らなければならぬ」と書くとき、個性は与えられた所与としてあるというよりも、変わりゆく行為のなかで時間的に活きられるものという含意があります。さらには、その無限たる所以が、自己の個性理解と相即する仕方で他者の個性理解にまでおよぶことを論されるとき、「愛」や「創造」など同じ語彙を操りながらも有島とは異なる視界がひらいているように思えます。「自己の個性の理解に透徹し得た人は最も平凡な人間の間においてさへそれぞれの個性を発見することができるのである」。

自己の個性と他者の個性の関係を、有島の作品から三木以上にラディカルに導き出すことも、あるいは可能かもしれません。

第七章

継承されてしまう財産

第一節　習性的生活再考

落潮期

創作としては短篇『卑怯者』と童話『一房の葡萄』のみにとどまった大正九年以降、有島の執筆活動は急降下していくことになります。評論的集大成だったはずの『惜みなく愛は奪ふ』には刊行直後から物足りなさを感じ、『或る女』につづく『運命の訴へ』や『星座』(原題は『白官舎』)といった長篇小説の試みは無惨にも失敗に終わってしまいます。

大正九年は、東京帝国大学助教授である森戸辰男が発表したクロポトキンに関する論文が危険思想視され、掲載誌は発禁、森戸は休職処分をいいわたされる森戸事件が起こった年でもありました。アナーキズムに共感を寄せていた有島にとって、働かずとも食っていける亡き父が残した財産、特に北海道は狩太の農地は、目の上のたんこぶのように彼の良心をかき乱しつづけました。

この葛藤は、小作人たちに土地をあけわたす大正一一年の農場解放(財産放棄)の宣言に結ばれます。その名も共生農団。本当は共産農団と名づけたかったようですが、時節がら、共産主義への厳しいまなざしを避けてこれに落ち着きました。先立つ大正七年には武者小路実篤が宮崎県に「新しき村」という名の自律的な生活共同体を立ち上げていました。ただし、理想に燃えてことを起こした武者小路に比べて、有島の場合は薄暗い罪悪感がその動機となっている点は留意しておいていいでしょう。

重たい財産

解放宣言の記録「小作人への告別」では自身の小作人たちに次のように述べたと記されています。

誤解をして貰ひたくないのは、この土地を諸君の頭数に分割して、諸君の私有にするといふ意味ではないのです。諸君が合同してこの土地全体を共有するやうにお願ひするのです。誰れでも少し物を考へる力のある人ならすぐ分ることだと思ひますが、生産の大本となる自然物、即ち空気、水、土、の如き類のものは、人間全体で使用すべきもので、或はその使用の結果が人間全体に役立つやうし向けられなければならないもので、一個人の利益ばかりの為めに、個人によつて私有さるべきものではありません。（有島武郎「小作人への告別」、『泉』、大正一一年一〇月）

晩年（大正12年）

それにしても、財産をもつということは財産にもたれるということでもあります。言葉遊びをしているのではありません。財産をもってしまったが故に、財産の管理を、管理人の管理を、様々な係累を、実物的にも制度的にもメンテナンスせねばならない苦労を引き受けなければならない。もしも単なる物であれば他人にうっちゃればそれで終わりかもしれません。ですが、財産の厄介なところは、物を超えて人の心や身体にまで侵食していくところにあります。『かん〳〵虫』の識字力の有無を思い出しましょう。似たり寄ったりに働く手ぶらの下層労働者たちのなかにも、字が読める読めないという一線にあって決定的な亀裂がありました。教育というかたちで身体化された財産によって格差が温存されているのです。

身体的財産を厄介払いするにはどうしたらいいでしょうか。それは身体そのものを拒否すること、自殺以外に仕様がないのではないでしょうか。大正一二年の六月、有島は不倫関係にあった女性記者の波多野秋子と軽井沢の別荘で心中自殺します。古い言葉でいえば、情死というやつです。一ヵ月後、首吊りの死体は腐乱状態で発見されたそうです。一連の顚末は、財産を処分することの困難を暗示しているようにもみえます。

ベルクソンの自我論

急ぎすぎたので、前章に関する補足を少し挟んでおくことにします。

有島の本能的生活論の背後には、『時間と自由』や『創造的進化』などの哲学書を書いたアンリ・ベルクソンの思想がありました。『惜みなく愛は奪ふ』にも「ベルグソンのいふ純粋持続に於ける認識と体験は正しく私の個性が承認するところのもの」とあります。ベルクソン哲学は、大正期の生命主義を盛り上げた大きな柱として流行の観をみせていました。三木清の個性論にも「純粋持続」が用いられています。

第一主著『時間と自由』——これは英訳のときの改題名でフランス語の原著は『意識に直接与えられたものについての試論』という長ったらしいタイトルをもつのですが——のなかで、ベルクソンは空間と時間(持続)が本質的に異なるものなのだと主張しました。

たとえば、チクタクチクタクという振り子の音を聞きながらついウトウトしてしまうとき、眠気のトリガーになった一音を特定する作業——最初から数えて二〇〇〇番目のタク!——は果たして実りのあるものでしょうか。どうにも信用なりません。チクタクを聞く意識のなかの眠気は、一連のチクタクが全部ひとつなぎになっている時間のなかで生じているはずです。切り離して、一つ二つ三つと数えること、さらには、このタクだ、と或る瞬間を切り出していく作業は、ベルクソンに従えば時間を空間化して扱っているに等しいといわねばなりません。

第三主著『創造的進化』のなかでベルクソンは、砂糖水が欲しければ「私は砂糖が溶けるのを待たなければならない」と、有名な一節を残しました。あまりに当たり前で、だからどうしたと言いたくなる代物ですが、ここに含意されているのは、要するに時間が経つとはまだかまだかと待ちわびる生きた私の意識とともに経過するものだということです。もっと厳密にいえば時間とはそもそも私の意識の内側にあるもので、そんな私と切り離して、たとえば客観的な計測のために時間を考えてしまった瞬間、一つ二つという空間の論理が幅を利かすのです。
時計やカレンダーを見ながら、何月何日の何時何分に待ち合わせの約束をとりつける。時間の流れを数や言葉で表そうとするとき、私たちは空間化した時間を操っています。だからこそ、たいていの日常生活は空間的時間を目安に成り立っているともいえます。この主体をベルクソンは「表層的自我」と呼びました。が、それでもカウントできない時間を生きる自分が息づいているはずです。これを「深層の自我」と呼びます。

このような表層／深層の自我構造は、当然、有島がもうけた「私」／「個性」の二重構造とそのまま重なります。

ですが、大きな違いもあります。というのも、ベルクソンの場合、表層／深層でも空間／時間でも、単に役割や特性が違うだけで、どちらが真の生活かといった価値判断を下しませんが、有島の場合は圧倒的に後者に重きが置かれています。これは生命進化の二つの方向である本能と知性を論じた『創造的進化』に関しても同様で、ベルクソンにとってこの二つは優劣の関係にありませんが、有島の本能的生活と知的生活の描写から受ける印象はそれとは異なります。「私は本能的生活を知的生活の上位に置かうと思ふ」というのは、ベルクソンからすれば、本能が過ぎる、というものです。

緊張と弛緩のあいだで

ただし、有島はベルクソンの急所をきちんと受け取っているようにも思います。それは『物質と記憶』という『創造的進化』に先立つ著書から取り入れられた「緊張」という概念です。有島は習性的生活から知的生活を経て本能的生活に至る道筋を、「生命の緊張度の強弱」という度合いにおいて区別しています。つまり、壁があってコッチとアッチがきちんと分け隔てられているように三生活を区別しているのではなく、生活のなかのテンションが強まれば本能的な相を、緩めば習性的な相をあらわにする、一幅のグラデーションのなかで成り立っているのではないか、ということです。

本能は稲妻の一瞬の閃光のイメージをまとっていました。インパルスです。ある一点において到来する突出した衝動。ですが、その突出さ、異例の刹那を支えているのは、これに先立つ平凡な毎日、日々のなかのルーティンがあって初めて自覚できるのではないでしょうか。稲妻の図（線形）が印象深いのは、それが黒雲を地＝背景にしているからです。そして、稲妻はそれ単体で突然誕生したわけではなく、帯電した雲のなかでぬくぬくと育てられてきたはずです。大きな落雷の前後にあって、あらかじめ雲のなかの静電気が稲妻にまで育つターンがあり、轟音《ごうおん》と土砂降りを経て、しまいには雲が消えて晴天の朝をむかえるターンがあるのです。もっと率直にいいましょう。本能的生活は弛緩《しかん》した習性的生活なしには存立できないのではないでしょうか。

未来派の未来性

改めて習性的生活とはなんだったでしょう。有島はこれを「石の生活」とも呼びます。外界からの一方的な力になすすべなく、一貫して受動的な習慣性を意味するからです。ですので、それはまた「過去の支配下にある」生活でもあります。昔からつづくことをなんの反省もなしに繰り返すからです。このような生活は、有島が抱く芸術の未来への期待とは正反対です。

有島に従えば、古典的な芸術作品はその誕生地で鑑賞せねば正統とはいえません。過去の作物には特殊な環境の「殻」が不分離にくっついています。けれども、この議論は過去にだけ限定されており、未来はその限りではありませんでした。世界はやがて一つのミリウに包れるに至るでしょう、という例のやつです。

興味深いことに、有島は未来派という新しい芸術思潮にその未来性の兆候を見出していました。本間との論争のなかで「最近に勃興した未来派若くは立体派の芸術」に「ミリウより個性への造形美術の移転」を読み、『惜みなく愛は奪ふ』では「美術家の個性が益《ますます》高調せられねばならぬ時はやがて来るだらう。その時になつて未来派のやうな傾向が起るのは、私の立場からいふと、極めて自然」と、十全な個性表現への期待を語ります。

未来派芸術は、二〇世紀初頭のイタリアで生まれ、主に都市のなかの機械美やスピード感を礼賛した作風によって代表されます。有島が未来派というとき、具体的にどんな作家を念頭にしていたのかはよく分かりませんが、大正九年はなるほど第一回未来派美術協会展が催されるなど大正期新興芸術運動が大きな画期をむかえ新たな胎動を求める心もちにかなっています。

また実際に、記号的・抽象的な表現の多い未来派作品群は風土的特徴を写実するような絵画に比べて鑑賞の場所を選ばないと説明されても、あながち的外れだとは思いません。都市のなかの機械はどんな国土にあっても同じ機械だからです。その土地の風景を描くのとは大きく異なります。

これら一連の未来的なものへの憧憬は、過去に縛られた習性的生活への対抗論の観をもつかのようです。大人ではなく子供のほうが未来派の絵画に理解があると弟の生馬に教えられたのも、来るべきものという印象を強めたかもしれません。未来派だから未来だ、というのは、なんだか笑っちゃうような感想ですが。

第二節　『親子』における士族的なもの

親の脛

話をもとに戻せば、過去からつづく習慣性は有島にとって、もっとも唾棄すべきものであったことは想像に難くありません。にもかかわらず、人種と性差の分断を隠しもつ身体は、あまつさえ個々人で異なる習慣の貯蔵庫でもあり、逆説的にもその習慣性によってこそ緊張した個性の生活が支えられているのかもしれないのです。

有島最後の小説は、『親子』という題名をもちます。大正一二年五月、『泉』に掲載されました。三〇にもなろうとする息子が地主である父親に連れられ、北海道の農場にやってくるものの、当地の小作人や代理管理人に対する父の権勢的な態度に嫌気がさし、しまいには口論にまで達してしまうという私小説風の短篇です。

亡き父・武との思い出をぞんぶんに盛り込んだようにみえるこの小説は、長らく晩年の有島の心境を理解するための材料として読まれてきました。とりわけ、社会正義をご立派に説くわりには親の脛をかじりつづけている息子が、「親の心」によって農場経営をしているのだ、つまり脛の出所を確保せんがためにこんな面倒なことをしているのだ、と父にさとされたさい――耳の痛いところです――、「よしやり抜くぞ」という謎の決心を固める末尾に、相続された財産を処分して身一つで独立したい有島の心もちを重ねる読み方は大きな力をもってきました。

戦争的比喩

なにをやり抜くのかについて確言はできませんが、その正体が分からずとも、『親子』には習慣性に関して興味深いディテールが描きこまれています。梗概でも明らかなように父と子は作中ずっと不仲な状態にあります。これは決して最後まで解消されることはないのですが、同時に二人は似た者親子でもあります。

たとえば、戦争的な比喩の言葉遣い一つとってみてもそうです。

農場の事務所に到着し、帳簿の確認に熱心な父とぎくしゃくするのはもちろんのこと、小作人たちともうまくうちとけられない息子は「征服した敵地に乗り込んだ、無興味な一人の将校のやうな気持ち」を味わいます。自分を「将校」に見立てるわけです。また、矢部という土地の開墾を行った土木業者と父との土地売買に関する交渉を目の当たりにした彼は、そのさまを「最後の白兵戦」と形容し、胃が痛くなるような重たい空気に耐えられなくなると「暫らくの休戦」のために一時中断を提案します。これに興をそがれた父は息子を叱責するのですが、今度は「謂はゞ敵を前において、自分の股《こ》肱《こう》を罵る将軍が何所にゐるだらう」と、いきどおるのです。

同じことは父親の発言のなかにも拾えます。矢部との交渉で自分の有利を譲らなかったことに満足する父は「今日の策戦」の苦労を改めて語り、息子との最後の対決のなか、嘘をついて生きたくないと青臭い理想ばかり口にする彼に対し、「お前は俺の眼の前に嘘をせんでいゝ世の中を作つて見せてくれるか。そしたら俺しもお前に未練なく兜を脱ぐかな」と、その対話を戦《いくさ》に見立てるのです。

こういった戦争的比喩の使用は日常的にありふれており、それ自体でなんということはありません。特に『親子』は農場経営を、つまりビジネスの交渉を背景にした小説です。経済活動と戦争とを重ね合わせる言葉遣いは、戦略《ストラテジー》や兵站《ロジスティクス》といったビジネス用語でもって今日でも親しいものです。ですが、父に反抗する息子が、そのじつ、同じような言葉遣いでもって「股肱」（家来）などと自分自身を捉える仕草には、彼らが意識できているかどうかは別にして、ずっと根深い継承が潜んでいるように思われます。

空転する士族意識

ことは言葉遣いだけではありません。交渉にあって、会計上の簡単な計算をする必要が生じるのですが、それを父に頼まれた息子は暗算ができず仕方なしに筆算でその課題に応えようとするぶざまを露呈します。父は「我が子の無能さをさらけ出したのを悔いて」いるようなのですが、実のところ彼にはそんな資格はありません。というのも、二人はともに「玉算（そろばん」というものを全く知らな」いほど算術が苦手で、息子のぶざまはそのまま「父自身のやくざな肖像画」に相当するからです。二人は見事に無能を共有しています。

なぜ彼らはこんな似方をしているのでしょうか。手がかりは、父親がもっている士族階級出身であることの強いこだわりにあります。父は理想家の息子を説得するために、「士百姓同様の貧乏士族の家に生まれ」た苦労つづきの出自をわざわざ語り出し、また矢部を欺くような交渉術を非難されたさいは「矢部は商人なのだぞ。商売といふものはな、どこかで嘘をしなければ成り立たん性質のものなのだ。昔から士農工商といふが、あれは誠と嘘との使ひわけの程度によつて、順序を立てたので、仕事の性質がさうなつてゐるのだ」と述べて反論していました。

この父親は士農工商という古臭い身分制度を内面化しています。その理屈によれば、身分の序列は「誠と嘘との使ひわけ」に従っており、商人は使い分けが激しく、よく嘘をつくためにランクが低いのに対し、士族は「誠」のなかで生きることができるために最高位に位置することができます。

幕末期から、出自を問わない戦争人育成の要求や主従関係を離れた武士の単身化によって、士族という身分には大きな変化がありました。つまるところ、身分と職の分離が生じ、実質を欠いた、すなわち武職を果たしていない名誉意識をいかに処理するのかが大きな課題として現われます。明治初期の四民平等の理念は、武士か否かを能力によって定める能力主義的な平等を推し進めました。明治以降の士族は、なすべき仕事が自明でなくなり、名誉意識をもてあました結果、公務員や経営者やただの無職など様々な社会適応に拡散していきます。

父親の正確な年齢、また作中の時代の正確な年号は明記されていませんが、旧態依然に「士農工商」を信じるこの父親は、明治以降にあって空転を強いられがちな名誉意識を分かちもっているといえます。経済活動のリアリズムを説くわりに、「誠」などというやけに道徳的・精神的な価値観を滑り込ませるのはよい証拠です。また、ぶざまな士族親子に対して商人である矢部が平気な顔してすぐに計算の答えを出してしまえるのも、武士の商法を強く印象づけます。武士の商法とは、明治以降特権を失った武士が不慣れな商売をはじめるも失敗する、という意味の慣用句的表現です。

受け継がれる士族的なもの

士族的な意識は息子の方にも認められます。というよりも、息子にこそいっそう純化した士族の姿が見出せます。彼は、潔癖とも表現したくなるほどとにかく「嘘」を嫌いますが、そこで働いているのは、「誠と嘘との使ひわけ」で序列化された士農工商の論理であったに違いありません。

息子は言います。「兎に角嘘をしなければ生きて行けないやうな世の中が無我無性にいやなんです」。息子の願いとは、「誠」のなかで生きたいという、極めて士族的な願いにほかなりません。士族身分にリアリティがあった時代に生きていたとは到底思えない若年の彼に、なぜこのような精神性がはぐくまれたかといえば、それはただちに士農工商を内面化した父との長きにわたる生活にこそ、その根拠を求めるべきでしょう。敵対するときでさえ習慣は強力な紐帯《ちゅうたい》で人と人を結びつけてしまいます。

父の代理で農場経営に関する望みを小作人たちに聴取するさい、彼は「不作で納金に困る由《よし》をあれだけ匂はしておきながら、いざ一人になるとそんな明らかなことをさへ訴へようとする人はなかつた」ことにひどくがっかりします。農民たちは「誠」で接してくれません。わずかに、仄めかしという「嘘」ともいえない迂遠《うえん》な言葉で自分の願望を間接的に伝えようとするばかりです。

そういった素っ気なさに息子の孤立感の原因もあるのですが、ただ少し考えてみれば分かるように、これは息子の方が世間知らずといわざるをえません。農民たちからすれば、彼は権力をもった地主の子供で、もし下手なことを口走ろうものなら、地主に密告されるか、はたまた面倒事を押しつけられるか、分かったものじゃないのですから。警戒するのも当然というもの。

にもかかわらず、相手が何者であろうが自分と対称的に正々堂々としたコミュニケーションを求めてしまう姿勢には、あまりに強く働きすぎてしまってもはや副作用の域にまで達してしまった、士族的なものの暴走を読むことができるでしょう。

堕落することができる

対して、士族的「誠」が大事などと綺麗事をいうわりに「いやでも嘘をせにゃならんのは人間の約束事」と嘘なしには生きていけない俗世間のリアリズムを平気で説く父親は、士族の純粋な理念からみて明らかに堕落しています。息子からみて父は不純な士族です。

ですが、ここで起きているのは、よくよく考えてみれば、不思議なことではないでしょうか。習慣性は、異なる世代に身体化された財産、ここでは士族的なものを無意識のうちに継承させ、父と子を同じ反復構造のなかに組み込みます。現代の社会学者ならばこれを「ハビトゥス」という用語で呼ぶかもしれません。もとは習慣という意味のラテン語で、ピエール・ブルデューというフランスの社会学者の専門用語として使い始められました。何気ない振る舞いを通じて無意識のうちに継承される身体化された階級を指す言葉です。

リアリストの父と理想家の息子、たとえ思想的に相反していても、同じ言葉遣いや同じ精神的構えなどから決して逃れられないという点で、これは非常に強力な呪縛です。なのに、父と息子には違いがある。純粋な士族である息子に比して、父親は明確に堕落しているのです。違いがあるからこそ、彼らはちゃんと口論ができる、対立できる。もしなんの違いもないのならば人は喧嘩することすらできないかもしれません。嘘をつくな、という息子の父に対する要求とは、意訳すれば、士族の本来に戻れ、ということであり、それは本来的なものから外れているからこそ有効な嘆願です。

裏切られる武士の商法

生半可であれ父が士族的なものを習得できたのは「貧乏士族の家に生まれ」たからであって、自身の努力で獲得したものではないという条件は息子と同じと読めます。では、父はなぜ堕落することができたのか。なぜ本来性から外れることができたのか。どうやって呪縛を解除したのか。

鍵になるのは、脛かじりの息子と違って、算術を苦手としながらも俗世間の理財事務の仕事に長年かかわってきた彼の個人的な経歴にあります。

武士の商法という言葉を紹介しておきました。不得手なトライアルのことです。『親子』には、まさにこの慣用句の筋書き通りに進みそうな場面が設定されています。矢部との交渉にあって、息子は「生れてはじめて、父が商売上のかけひきをする場面」に接し、「商売人らしい打算に疎い父の性格が、あまりに痛々しく生粋の商人の前にさらけ出されようとする」ことに不安を覚えるのですが、結果からいえばそれは杞憂に終わります。というのも、いざ蓋を開けてみれば、「商魂で錬へ上げたやうな矢部も、こいつはまだ出遇はさなかつた手だぞと思ふらしく、ふと行詰つて思案顔をする」ほどの拮抗ぶりをみせるからです。

堕落した士族はやすやすと商人に負かされたりしません。懸念された武士の商法の筋書き通りにはならないのです。

ここに現れているのは、商業的手練手管に騙されない対抗的な交渉術であり、様々な世俗的商業的世界との接触から生じたはずの、半商人化した士族の姿です。堕落とはより厳密に言い直せば、半分くらい商人と化すことだったようです。注目したいのは、単一の固定的な習慣に閉じ込められていたようにみえる彼らの片割れは、けれども別の世界の習慣を時間をかけて我が身に慣らすことで、複数の習慣性、または場の変化に柔軟な習慣性を獲得することに成功するのです。

葛藤しながら共存する習慣

私小説的一作ゆえに『親子』の息子はすこぶる有島風であります。実際、幼少の有島は「厳格な武士風な庭訓」で育てられたのでした。父・武は薩摩の下級武士の家に生まれ、子供らにも士族的な教育をほどこしました。一〇代の有島が書き残した習作には、武士道的精神を問わせる作風があったことはすでに述べたところです。

もう一つ、いい添えておけば、有島の修論「日本文明の発展」では、札幌農学校の師の一人でもあった新渡戸稲造の『武士道』が参照されています。『武士道』は、発表時から歴史学者からの批判もある学術的価値に乏しい独創に近いものでしたが、世界的に多くの読者を獲得し、外国での武士イメージを決定づけた有名な著作です。

有島は、この書が指摘している禁欲的で死に親しい武士の宗教観とともに、「誠実」という武士的徳目が商業においても有利に働いていたことを肯定的に引用しています。生家という檻に囲われながら、若き有島が武士道的な精神性に身も心もつかっていたこと、習慣化していただろうことを確認するとともに、ここでは士族と商人が経済という営みにおいて和解するチャンスを読むことができるのではないでしょうか。

評論「宣言一つ」で、有島は自身が属す階級の不可変を吐露しました。人は別の階級に移動できたりしない。和解できたりしない。なぜこのような強い主張になったかといえば、そこで想定されている階級なるものが、土地や家といった単なる物質的な財産だけでなく、自ら選ぶことのできない生得的な生まれ育ちに焦点化されるからです。

このとき、『親子』に登場する父親、堕落した士族が興味深いのは、生得的な階級に縛られながらも、「宣言一つ」の主張に逆らって、別の財産に身を開き、別の階級に移動しつつあるようにみえるからです。そこで堕落として扱われていたのは、そのじつ、商人的な交渉のノウハウでした。いちじるしく下がる士族の純度。けれども、純粋であることを至上とする青臭い理想家の見方を引き受けないのならば、それは複数の習慣が葛藤しながらも共存する新しい豊かさとして捉え直すことができるのではないでしょうか。

ホンモノの士族になんぞ、なぜならねばならないのでしょう。ニセモノ(偽者＝似せ者)でなにが悪いのか。

西と東の統合としての武士道

そもそも修論の有島は、武士道という「騎士道精神」成立の背後には、山岳部族の気質と平原部族の気質の合体があると述べていました。

どういうことか。武士が大きな力をもった鎌倉時代とは、すなわち政治の中心地が京都から、より東の鎌倉にうつった時代を意味します。これによって各地方で異なる気質が混合する機会ができた、というのが有島の主意です。つまり「山岳部族の強くて勝手気ままで単純な性格が、西部の平原の人々の洗練されて情緒的で丁重な性格によって緩和された」ものこそ「武士道」である、と。有島によれば、東の国の人は理解が遅く保守的で意志が強く、西の国の人は理解が早く進歩的で感情が強い、であるがために中心地が西ならば外国との積極的な外交が推し進められるものの、東になると鎖国政策をとりやすい、のだそうです。

学問的な正しさは横において、ここで明らかになっているのは、純粋好きな有島の言説においてさえ、武士道は複数の気質の混合でできているということです。純粋と仮定された精神さえも、発達する交通空間の加速度的に積み重ねられていく移動の歴史のなかで、再度、大きな変容をこうむることになるのかもしれない。

教訓は二つあります。純粋と決めつけたものには相異なる来歴の混合が隠されているかもしれないこと。そして、純粋と決めつけたものは混合の過程のなかでそれ固有の仕方で不純なものへと生き直す機会が来るかもしれないこと。固有の不純を固有に目指す姿勢です。

有島はこういったことが自身を救うとは考えませんでした。その賭け金は、混合以前の純粋な核とそれにふさわしく徹底的に混一した画一的な環境にしか張られていません。けれども、彼の最期が自死という身体の放擲《ほうてき》に終わったことを考えるのならば、そのチャチな自意識にどれほど付き合えばいいのかは、はなはだ疑問です。有島は「宣言一つ」で挫折しましたが、そのあとに書いた『親子』では堕落できる豊かな身体を描くことができました。自殺する身体ではありません。

『泉』の由来

有島の『断橋』も『親子』も、個人雑誌『泉』に掲載されたものでした。大正一一年一〇月の創刊の辞によれば、毎月の依頼原稿に応えるのに忙しく、自分にとって本質的な仕事ができないことに苦慮したすえに読者とのより直接的なつながりを求めて創刊に至った旨が語られています。そう、先んじて個人展覧会をことあげしたように。

それにしても、なぜ泉なのでしょうか。確言はできませんが、この二年ほど前に有島はある講演会に登壇し、その記録を「泉」と名づけて寄稿文に整えていることには改めて注目してみていいでしょう。

冒頭、ローマの郊外を旅したときの思い出に触れ、アックア・アチェトーザという名の泉にて、一日の労働を終えた労働者たちや夕食の支度をする女性らが思いおもいに水を汲んでいくさまを目撃します。これにいたく感動をおぼえた有島は、感想を次のようにつづっています。少し長いですが、とても興味深い一文です。

その泉が何処から湧き出して来るか、恐らくは私共の想像も及ばない暗い底深い地の下を経廻つて、やがて地表に現れて来る。さうして私共の眼に見えるやうな姿になつて、さゝやかな音をたてゝ、タイバー河〔Tevere、イタリア中部の河〕に流れ込むのです。タイバー河の両岸には、このアックワ・アチヱトーザと云はず、数限りもない泉があつて、それ等から流れ出る地下の水が合流して、あの大きな一流れをなして流れ下ります。夫れが羅馬《ローマ》の市街に入ります時には、忙《せ》はしい人間の生活の為めにつくり出された溝の汚水や、小川の濁水やがそこに入り交つて、緑色の美しい水が、冬枯れた草のやうな濁つた黄色になつてしまひます。それが地中海に這入《はい》つた後には、太陽の光で蒸発して、雲となつて風に乗り乍ら又想像も及ばない遥かな地方に送られていくのでせう。（有島武郎「泉」、『私どもの主張』収、文化生活研究会、大正一〇年五月）

この観察眼を介して有島は泉の純粋性に触れます。流れる河は「種々雑多な他の要素と結びついて」もとあった清らかさを失い、その本質がひどく見えにくくなってしまう。対して泉は、河の源として、「雨が降らうが、風が吹かうが、いさゝかの変化も受けない、深い地下にその誕生の場所をもつて」いる。これこそ万人がもつ「芸術的要求」である。そこから導き出されるのは有島得意の本能論です。

地下水・雲・便器

いわんとしていることは明らかです。世界中に流通する以前の、もっといえば俗世に汚染される以前の泉の純粋さとは、唯一無二の個性のかけがえなさであり、『泉』の名をはいした個人雑誌は習慣に邪魔されない芸術的生活の純粋な結晶体である、と。さらに深く読んでもいいのなら、ここには有島を悩ませつづけた大陸／人種的な分断を乗り越えようとしてたどりついた地下水の思想があります。泉はそれぞれ個別のように見えるけれども、地の下ではその命脈はひとつながりに手を結んでいる。個人と人類を再び架橋しようとする試みです。

ですが、純粋なものと不純なものを分けて、前者をことあげればそれでいいのでしょうか。断っておきますが、有島は泉を褒めたからといって別の水のありようを貶したりしていません。「その水が雲となつて天に昇つた後でも、猶《なお》、泉の水は泉の水であるに相違ありません」。ハイデガーという二〇世紀最大の哲学者も、ワインに宿りつづけている「泉」、ひいては「大地の暗いまどろみ」を読んだことがあります。

それにしても、なぜ泉の水から、大地のほうから水を考えねばならないのでしょう。天空のほう、雲のほうから水を考えたり、雲のなかに泉という夾雑物《きょうざつ》を読むことがどうしてできないのでしょう。雲は夕陽で赤くなって人に郷愁の念を起こさせたり、黒くなって稲光を轟かせることで心に畏怖を与えたり、色んな表情をみせますが、これに比べればこんこんと湧き出る泉の単調さはいささか退屈なものです。或いはまた、誰もが眼を背ける「濁った黄色」(また黄色!)、塵芥や糞尿とともにある下水のほうから水の本質を考えることがなぜできないのか。

有島が「泉」講演を行った三年前、マルセル・デュシャンという芸術家は、男性用小便器にただR. Muttと署名しただけの作品(!)をニューヨークの展覧会に出品しようと試みました。現代アートのはじまりを告げるとされる画期的な事件です。作品の名は「泉」と題されていました。

終章

土くれどもの空

第一節　すべてを使い果たせ

遠慮がちな小作人たち

短篇『親子』の息子は小作人たちの希望を聴くさい、自分たちの望みを吐露しない卑怯に失望を感じました。もし代理ではなく父が聴取を行っていたら、きっと同じ心境には至らなかったでしょう。というのも、この父は「士農工商」を生半可に信じており、士族に一段劣るとされる農民が堂々と自分の意見を率直に言えないことを、きっとごく自然に受け取るでしょうから。息子が妙に対等なコミュニケーションを期待してしまうのは、士族が大事とする誠実を相対化できないほど完全に内面化してしまったために、一般に誰もがその世界の理想に従って生きていける、生きるべきだ、と信じているためです。

実は『カインの末裔』にも似たような場面がありました。小作人たちは、ただでさえ小作料が高くて食っていけないのに凶作でさらに追い詰められ、値下げを要求する計画を立てるも、いざそのときが来てみれば、「無理な御願ひだとか、物の解らない自分達が考へる事だからだとか」「自分の云ひ出した事を自分で打壊すやうな添言葉を附加へる」という地主への忖度《そんたく》を働かせてしまうのです。喧嘩になったって構わないから非道ならば非道とはっきり言えばいいのに。

喧嘩とは、この場合、階級闘争にほかなりません。『カインの末裔』には「親方は親で小作は子」という言葉が出てきました。象徴的な親子関係です。翻っていえば、『親子』にも父と息子の親子の物語に並行して、地主(父子)と小作人というもう一つの親子喧嘩が伏在していたように思われます。もちろん、小作人たちの事勿《ことなか》れ主義によって未遂に終わるのですが。その闘いにおいて有島武郎とは打ち倒されるべき悪しき敵であり、へんに媚《こ》びることなく、敵役をいさぎよく引き受けることに有島の倫理があったに違いありません。

ここにきて、母を早くに失った我が子に宛てた短篇『小さき者へ』の「斃《たお》れた親を喰ひ尽して力を貯へる獅子の子のやうに、力強く勇ましく私を振り捨てゝ人生に乗り出して行くがいゝ」という調子には奥深い響きが隠されていることに気づくでしょう。私は有島が書いたもののなかで『小さき者へ』がもっとも好きです。

ですが、ここに問題の急所もあります。有島は階級闘争で倒れたわけではありません。自滅していっただけです。しかも、財産放棄によって小(子)作人たちの問題が解決したとも思われません。実際、有島はそれに自覚的でした。談話「農場開放顚末」では「私はこの共生農園の将来を決して楽観してゐない。それが四分八裂して遂に再び資本家の掌中に入ることは残念だが観念してゐる」と述べています。

橋浦泰雄という民俗学者がいました。『惜みなく愛は奪ふ』の末尾部分に「私の発表したこの思想に、最も直接な示唆を与へてくれたのは阪田泰雄氏である」とありますが、この阪田泰雄なる人物こそ、当時、妻の姓を借りていた橋浦泰雄です。自伝『五塵録』によれば、大正五年、弟の季雄を介して有島と知り合った橋浦は、キリスト教の自己犠牲の精神に反発を感じ、「われわれはわれわれ自身すらも自ら犠牲とする権利は持っていないのではないか」という自己本位の見解に達し、これに有島は感興を覚えたとのこと。

そんな橋浦は、晩年の有島にもつきそい農場解放のなりゆきも間近で目撃することになりますが、高い期待感が早々に破れ去ってしまう事態に直面します。組合員の中に、農地の耕作権を売り、去って行く人が生じたのです。これは、土地をあけわたすといっても私有ではなく共同で運営して欲しいと願った有島の本意を大きく裏切るものです。

橋浦の『民俗学問答』によれば、有島の死後、『生れ出づる悩み』の主人公のモデルであった木田金次郎と知り合いになり、彼の紹介で生産と分配を自律的にまかなう「原始共同制度を保持してきた村」の存在を発見します。そこから日本民俗学の祖・柳田国男に弟子入りして郷土研究を始めるのですが、その軌跡の背後には有島農園の挫折があったことを透かして読むのは難しくありません。

橋浦泰雄

経済という危機

急所は明らかです。資本主義の支配においては、大地という共有の場所がカネという鋏《はさみ》で私有にばらされ、立ち上がった共同体もちりぢりばらばらになっていってしまう、ここです。「小作人への告別」でも有島は「開墾当時の地価と、今日の地価との大きな相違」に触れていますが、同じ土地が経済の価値体系のなかで評価されるときには値段が上がったり下がったりします。

有島文学にとって商業や経済に関するイメージは、一貫して登場人物に危機を与えるネガティブなものとして扱われています。『お末の死』という初期の短篇は「不景気」によって床屋の一家がぞくぞくと死んでいく話ですし、『カインの末裔』における小作人たちの貧窮原因の一つには「市街地の商人からは眼の飛び出るやうな上前をはねられて食代《くいしろ》を買はねばならぬ」必至がありました。そもそも仁右衛門とは、すでにみたように、土地の栄養をことごとく貨幣に換えて地主に成り上がろうとするも結果的には失敗した男でした。背後には商人たちとの勝手な結託がありました。

これは女たちの悲劇にも関わっています。『石にひしがれた雑草』は「商売上の経験」を積んだ男が持ち前の資本力を使って懇意の女を管理する話でしたし、『或る女』の木村と葉子の関係も、見方を変えれば、「第一流の実業家」の「信用と金」をちらつかせた男による女の一生の掌握にほかなりません。

『親子』の否定的な商人像に関してはもう説明するまでもないでしょう。『土と人』という五部に渡る長篇小説を残した早川三代治《みよじ》は、有島の弟子筋の経済学者なのですが、その背後には、不在地主である自身の悩みとともに、北海道での土地所有の不平等度に関する数理経済的な研究があったらしいことが思い返されます。

蕩尽にゆだねる

危機に陥った自身の登場人物たちに、有島は、どういった処方箋を与えたのでしょう。これもまた驚くべきほどに一定の傾向がみえますし、しかも自身の晩年を予告するようなものでした。つまりは、貨幣を使い尽くすこと、なにか社会的に有意義な活動や明確な目的のために用いるのではなくただただ無駄使いすること、すなわち蕩尽《とうじん》すること。

『老船長の幻覚』の決死の海は金儲け(両替)にまるで奉仕しませんでした。『カインの末裔』を思い出してみてください。一時は懐のあたたかかった仁右衛門が地主への夢を膨らませながら同時に破滅への道を歩みはじめるのは、「村に這入つて来た博徒の群」にそそのかされて博打に手を染めてからのことでした。「わざと負けて見せる博徒の手段に甘々と乗せられて、勢ひ込んだのが失敗の基で、深入りする程損をしたが、損をするほど深入りしないではゐられなかつた。亜麻の収利は疾《とう》の昔にけし飛んでゐた」。ギャンブラー仁右衛門は偶然性に身をあずけるという不合理な力に引きずられていきます。

『石にひしがれた雑草』の「僕」は、莫大な財力を背景にM子を監視することで彼女を精神的不安定に落としいれ、復讐することに成功しますが、これと引き換えに「僕の家産はM子をこゝまで引ずり込む為めに悉《ことごと》く蕩尽した。明日あたりは執達吏（執行官）が、この家の差押へに債主から送られるだらう」という自滅におちいります。『或る女』では、もとから濫費癖《らんぴへき》のある葉子が、倉地と共謀して、実業家の木村から財産をできるかぎりむしりとろうと決意を固めるところから後戻りできない運命の岐路に進みます。「木村からも搾《しぼ》り上げろ、構ふものかい。人間並みに見られない俺れ達が人間並みに振舞つてゐてたまるかい」という倉地の言葉に葉子はうなずくのです。

貨幣はことごとく使い果たす。すっからかんになる。土地をバラ売りする資本主義にはムダ使いで抵抗すべし。このような筋立ての傾向は、外見上は小作人への純粋贈与にもみえる農場解放や、さらには愛のために命を差し出す作家の生そのものとも深く連絡しているようにみえます。友人であった足助素一によれば、「俺は商人だ。商売人といふものは物品を只で提供しはしない」とカネをせびる秋子の夫・波多野春房に対して有島は「自分の生命がけで愛してゐる女を、僕は金に換算する屈辱を忍び得ない」と返したそうです。

第二節　米騒動の前後

相場師の仕事

とはいえ、小説とは決して作家の人生観の再現に尽きるものではありません。たとえば、既存の研究ではまったく言及されることのない大正七年三月の作品『「死」を畏れぬ男』などは、むしろ有島の考え方に深く同情してしまったならば的確に受け取ることが難しくなってしまうような短篇です。

大正六年の夏、福耳の縁起をかつぐため始終耳を触って大きくしようとしていると噂されるほど金儲けに熱中する相場師が、鉄道へ飛び込む自殺事件を目の当たりにするものの、直後に発生した暴風雨の到来によって、先物取引の予想(米価が上がるはずだ)が当たったことに歓喜する。こういうなんてことはない小話を、客として訪れた先の宅の主人に一方的に語りつづけます。題名の、死を畏れぬ、とは他人が死んでも無感動に自分の仕事に邁進する態度を指しています。自殺した男はどうやら——自分の作物が台無しになってしまったことに絶望した？——百姓であったと仄聞《そくぶん》しますが、「百姓が首をくゝつたつて、物価が騰貴《とうき》したつてかうなつて来ちや構つてはゐられません」といっこうに平気です。

土地の値段が一定ではないように土地から採れた産物もまた、たとえものとして同じであっても、同じ値段がつくとは限りません。暴風雨の到来は相場師を歓喜させます。なぜかといえば、第一に「日本中の稲の穂が擦れて〳〵擦り切れて、一つ残らず荒神箒《こうじんぼうき》のやうになつてくれりや締めたもん」で、ついで「輸出の荷が動き過ぎるので米の廻送がとまるか、豪雨で線路が破壊して米が動かなくなるか、兎に角鉄道が往生する」からです。

不作になれば、あるいはまた流通が停止すれば、米の大きな需要に応えられず、その値段が上がる。どう頑張ったところで、しょせんは自然の産物、天気がいいとか悪いとかで豊作になったり不作になったりして、それに応じて市場への供給量が定まり、需要に対して少なければ値段が上がって多ければ下がる。その変化を先読みし、落差を利益に換える……安く買って高く売る、相場師の仕事です。

偶運と蓋然

物価は外界の複雑な要因が絡み合いながら決まるわけですが、だからこそ、それを予測するのは至難の業といえましょう。大正六年末に出版された『大正七年米価の大勢』という米価予測の冊子をめくってみると、最近の高騰をけみしつつ、もう下がるころだ(売りを選べ)、というアドバイスがなされています。資料に照らすと予測が外れていたことが分かります。下がらなかったからこそ、後述する米騒動が起こるのです。

だから、先物取引はしばしば博打に近い性質をもってしまいます。その意味で、有島的な放蕩の誘惑がたしかにここにも潜伏しています。実際、福耳の願掛けもさることながら、この相場師は、どうやら占い(売らない!)に予示される運の分布を愚かしくも真面目に信じているようなのです。自殺に立ち会ったあとの「縁起の悪い車に乗る」ことを気にし、かと思えば列車に乗っていた少女の泣き声が大雨を呼んだのだと信じて菓子をふるまい、高島嘉右衛門という占い師の噂話をおおごとのように語ります。こういった神秘的な偶運に身をゆだねる姿勢は有島的蕩尽を連想させます。

ただし、相場には運とは反対の意味が込められていることは見逃せません。たとえば、「どうもこの節の男は神経衰弱で女はヒステリーと相場がきまつてゐるやうですね」や「女つて奴は放図がないと相場がきまつてゐます」といった俗っぽい言葉遣いのなかには、おおよその正しさ、一度きりの例外では乱されない平均的な蓋然性の意味合いを読みとることができます。ちなみに、節《ふし》は、相場界では過去の高値や安値の水準を指す専門用語でもあります。

果たして相場とは、偶運と蓋然という相矛盾する要素で成り立っているのではないでしょうか。どちらが本質的な特性か、ということではなく、両立している。すべては偶然で決まる……のに集計していけば相応の法則性を見出すことができる。暴風雨のなか轟く稲妻を数えて「一つ鳴な《ママ》つたら祝砲が一つ鳴るんだと思ひねえ」という相場師の言葉には、稲妻と黒雲のあのペアが、多数の予測の地ならしに支えられて輝く一瞬の僥倖として還ってくるかのようです。もしくは本能と習慣のカップルが。

有島の書きぶりに従えば、私たちはこのうち一つにしか取り上げることができません。しかし、作家に連れ添って一つのものがそれだけで自存していると考えなければならない筋合いはないのです。

米騒動直前文学

相場師は縁起の悪い列車のなかを「セント、ヘレナ」と形容し、喋りつくして帰る間際「ナポレオンの大切な五分間が逼《せま》つて来ました」と自身をフランスの伝説的な将軍になぞらえます。セント・ヘレナとは南大西洋に浮かぶ火山島で、ナポレオンが島流しにされたところです。

こういった自覚でも分かる通り、彼は自身の仕事を戦争のメタファーで解釈しています。「金儲けといつても是れで戦争同様でしてね」。『親子』がそうであったように、戦争において士族の末裔と軽薄な商売人が出会うのです。

戦争と経済が密接に結ばれるのはただのメタファーではありません。事実結ばれているのです。しかもグローバルに結ばれているのです。「ロンドンといふ世界の市場で取引が停止された」ことが作中で言及されますが、『「死」を畏れぬ男』が興味深いのは、第一次世界大戦による好景気を背景にした米価高騰の時事を積極的に取り入れようとしているところです。これはやがて米騒動という民衆暴動にまで高まります。

米騒動とは、資本主義の急成長によって都市人口が膨張し、米の需給バランスが崩れ、米価が高騰した結果、全国各地で自然発生的に起きた暴動を指します。大正七年七月下旬、富山県の主婦たちが米の県外移出反対と安売り要求の運動をはじめ、それが報道されることで全国規模に広がっていきました。知識人のなかには前年に起きたロシア革命になぞらえて、日本の革命運動の胎動を認める読み筋もでてきます。

八月一二日から一五日までの有島の日記のなかでも、広がっていく「暴動」を拾うことができます。

外国米を食べる

中絶した小説『運命の訴へ』のなかには、米価がせっかく高騰したのになぜか米を売りそこねてしまった農民の姿が点描されていました。「自然は同量の日光と雨滴とを隣り近所の田と同様に恵んでゐる」のに、一方は交換に成功して他方は失敗する。それぱかりではなく、「田舎の人間が米を作つて、都会の人間が坐つたまゝで値を作る。都会の人が値を作るのはいゝとして、何故に(損をした農民の一人である)弥助には相場に通ずるだけのことをしてやらないのだらう」という疑問は消えません。

ただし、ものの値段は都会の人間が、というよりも一都市が独占的に値づけしているわけではありません。納得しにくいならば、こういう言い方でもいいです。都市は折れ曲がったネットワークそのものをみずからの骨組みにしているのだ、と。大戦景気を背景にした米騒動の流れでも分かるとおり、物価は世界の情勢と固く結ばれています。値段とは世界の値段なのです。

ここから思い出されるのは、『泉』掲載作品の一つ、『或る施療患者』という大正一二年の短篇です。というのも、叔父の家でいじめられながら厄介になっている主人公が口にするのは、三度の「外国米の粥《かゆ》」だからです。

日本人の味覚からはあまり好まれない外米は、米価高騰の代替策として推された輸入政策の一つで、インド、インドシナ、タイ、香港といったアジア諸国から安価で買える外国米が輸入されました。主食となる米の供給かげんに応じて調整役に徹する食の代補です。

『或る施療患者』を読む

両親を早くになくしその遺産を横取りしたらしい吝嗇《ケチ》な叔父の雑貨店に引き取られた原亀吉は、「凡《およ》そ貯《たくわ》へ得るものは何にかゝはらず人知れず貯へる」をモットーに周囲の人から「略奪」、盗みを働いていくが、家出したさきの東京の地にて飢餓で倒れたところを岡田夫妻に救われ、その慈悲ある応接からまるで改心したかのように、身近な連中にほどこしを与える。結果、すっからかんになり、あげくに父と同じ結核に侵され、叔父の家に舞い戻る――「外国米の粥」はここででてくる食事です――。最後には岡田の助力を得て公立の肺病療養所に入院し、病気完治への期待、さもなくばテロリズムを仄めかす。

『或る施療患者』の梗概です。施療とは貧民のために無料で治療するという意味です。本文は、亀吉の手記ではなく、彼が話すところを筆記した体裁をとっています。

この小説を一読すると、贈与と奪取の目まぐるしい交代もさることながら、とにかくこの亀吉という男が、移動すること、交通することに関して激しい欲求をつのらせていることに気づきます。

今の世は全く乱世だ。私のやうなものをも気違ひにしてしまふほどの乱世だ。私の生活とは何のかゝはりもない飛行機が、大空の青いガラス板に三稜針《さんりょうしん》でむごたらしい孔をあける。私の生活とは何のかゝはりもない自動車が、淫乱な暗闇を窓被の内部に満載して、白昼の大道をかまいたちと共に駈けぬける。私の生活とは何のかゝはりもない……そのとほりだ。私の時といふものはない。私の所といふものはない。(有島武郎『或る施療患者』、『泉』、大正一二年二月)

語りの現在において入院中である亀吉は、飛行機も自動車も自分の生活には無縁の交通手段で、それは早月葉子がそうだったように、自身の「時」や「所」を奪ってしまうほど決定的なものだったように語ります。反対側からいえば、交通に満ちた生さえ確保できれば、彼には相応の存在意義が認められるかのようです。

交通する身体の果て

いえ、というよりも実際に亀吉は移動がただちに善であるような行動原理を採用しています。たとえば、幼い頃に店の小僧に案内されて海を眺めたとき、彼は「帆があるので海といふこと、凧があるので空といふことがわかつた」と感じます。海も空も、それ自体ではなく、どこか別の場所へと導く航海や航空の通路として見出す視線がここにはあります。はじめての窃盗の夕ーゲットが、妹分の「青い鉛筆」なのは、空と海の連想をたくましくさせると同時に、そこに仮託された亀吉の逃避願望を表しているでしょう。

町に「汽車が通じて停車場が出来」「東京まで半日かゝつたのが四十分で行けるやうにな」ると雑貨店は運送業をはじめ、これでまた一儲けするのですが、一八歳を機に亀吉はこの汽車を利用して特に当てもなく東京に向かいます。それから、撒水夫になったり、火夫になったり、社会主義者たちのねぐらで厄介になったり、場所を転々としたあげく、にっちもさっちも行かなくなったところで叔父の家に戻るのです。

最後に行きついたのは、杖をつかなければまともに歩けもしない病身であり、治療を受けるために寒い待合室でただがたがたと震える孤独でした。もはや移動のための潜勢力などどこにも残っていません。

安価な遠さ

交通に過剰な期待をかけた男は、その反動で不通な孤独のなかへと押し詰められます。「何にもかも私には全く無関係だつたのだ」。

ですが、本当に無関係なのでしょうか。帰還しました。彼が口にする「外国米」は、どこで育てられ、どうやって運ばれてきたのでしょう。米を育てるための肥料や農具、列車や船や飛行機などの交通機関を動かすための燃料や人手はどこから調達してきたのでしょう。ある一つの土地だけですべてをまかなうことなど、もうずっと昔からできっこないくらいに世界は世界と結ばれているのではないでしょうか。そして、「外国米」で生き延びる身体もまた、動かないままに、というよりも動けない不能を受け入れるからこそ、逆説的にもっともグローバルな突端に結ばれているというべきではないでしょうか。

『カインの末裔』を読んだ人ならば、ある小作人の妻が「アネチヨコと云ひ慣はされた舶来の雑草の根に出来る薯」を洗っている場面を覚えているかもしれません。これは日本でいうキクイモ、英語名でいうところのエルサレム・アーティチョークで、「アネチヨコ」とはアーティチョークが訛《なま》ったもののように思います。アテチョコと訛ることもあるようです。キクイモはもともと北アメリカを原産とし、江戸末期に飼料用として日本に持ち込まれ、以降は食用としても重宝されて全国に分布していった外来種です。外国などおそらくは一度も訪れたことのない大地に縛られた土着的な小作人たちの体は、それでもたしかに、飢えを介して外のものとともに成り立っています。

亀吉は「空と海とは本当の姉妹で大地は腹ちがひだ。私は大地に生れた土くれだよ」といいます。父母が逝き叔父の家に引き取られた亀吉の肩身の狭さを読めますが、同時に、「大地」を帰るべき真正の故郷としてではなく正統な系譜から逸脱しつづける雑多な現場として読む視線がここにあります。「土くれ」が土着的なものに席をゆずらねばならない道理などどこにもありません。むしろ、『迷路』の想像された私生児に混一の未来がたくされたように、正統なものがきちんと受け継がれない、でもなにも受け継がれないわけでもない、「腹ちがひ」の「土くれ」だからこそ混ざり合う動きに開かれてしまうのです。

世界はすでに一つのミリウに

国産品はときに高嶺の花として私たちの前に並べられます。その横で添物にされるのは国産品の代替としての外国産です。劣化した模造品または非公式の海賊版。経済の摂理がおのが剛腕によって、近さを高値に値づけし、相対的にある種の遠さが安売りされます。地球の上から資本の地図が重ね書きされます。近いのに高く遠いのに安い、が、近いから高く遠いから安い、に転倒する瞬間です。

有島武郎の諸作を経て、ここでいうべきことはなんでしょうか。近いものを安くしろ、というのも一つの見解です。実際、地産地消——その土地で採れたものをその場で消費する——というエコロジカルな四字熟語には、無駄な流通をカットし、小さいながらも自治された生活でもって資本主義の不条理、たとえばカカオを育てているのがチョコレートなど口にしたことのない発展途上国の子供である事実に感じるような不条理にあらがう一つの方途を直感するときもあります。そこに隠れている、国粋主義ならぬ地粋主義には、いささか鼻じらんだりしますけれども。

それら一式を認めて、なおのこと有島作品から引き出すべきものがあるとしたら、安いからこそ純粋に不純になれるインターナショナルな結集にあるのではないでしょうか。にじんでかすんだ外国を生きること、そうでなければ決して生きられなかったような底辺の外部性があるはずです。そして、私の理解が正しければ、ある地に生まれたことの宿命を重く受けとりながら、かといってちゃんとしたナショナリストになれるわけでもない有島の中途半端なテクストこそ、その結集の最たるものなのです。

誰にでもどこにもない最果てがある。

今年は二〇二〇年です。有島が「世界はやがて一つのミリウに包れるに至るでせう」と書いてからちょうど一〇〇年が経ちました。有島は間違っていました。人類は相も変わらずちぐはぐな場所の力に翻弄され、人種の違いから発する争いはやむことなく、そもそも、彼が生きた大正期にあって、すでに世界は相互に緊密に結びついた巨大なネットワークだったからです。しかし、その網目によってこそ、有島自身がはからずも抱え込んだ唯一無二に不純たりえる最果てを、私たちもまた生きています。

生まれの地から遠ざかれば遠ざかるほど、果てに向かえば向かうほど、純度が落ち、血統に傷がつき、どこの馬の骨とも分からないものの混ぜ物になっていく。ですが、そのすべてを己のまったき個性として捉えるとき、私たちは暗い現在から逃げていくためではない展望のなかで「やがて」と口にできるのかもしれません。有島の大地からの解放を夢みる筆致は、ほのかにそれを教えているように思ったりもするのです。

あとがき

こうやって、デスマス調で書き進めていると、ずいぶん昔のことを思い出します。

高校の二年から三年にかけてでしょうか。BOOK OFFの一〇〇円セール棚で売り出されている文庫本を手当たり次第に乱読していたとき、たまたま新潮文庫の『小さき者へ』や『惜みなく愛は奪ふ』に出会った私は、その魅力にたちまちのうちにとり憑かれ、有島武郎の研究者になることを早くも決めてしまいました。

が、そのためには大学に行く必要がある……と、その時点の私はどうにも早合点していたようです。にもかかわらず、残念なことに私の低能は致命的で筆記試験に合格するだけの能力も熱意もなく、さらに残念なことに、それを得たいともまったくもって思っていませんでした。私がやりたいのはテスト勉強ではなく有島研究なのだから！

そんな理由もあってダメ元で受けてみたのが明治大学文学部のＡＯ入試でした。ＡＯとは

Admissions Office の略で、筆記試験では測れない人物評価を目的に小論文や面接などで合否を決定する新しいタイプの入試制度の枠です。現在では生まれ育ちのよさをダイレクトに反映したり、ボランティア活動を勲章がわりに用いる偽善者を増やすAO（＝アタマ・オカシイ）入試として、主に悪い評判のなか、よく知られています。

そこで課された志望動機書に、「有島武郎と他者」と題すべき二〇〇〇字程度のデスマス調の小論文を書いたのが思えば私の初めての有島論でした。おぼろげになった要旨をいま強いて思い出してみれば、有島の『惜みなく愛は奪ふ』は他者をかえりみない自己中心主義に終始しているようにみえるが、他者を奪おう、すなわち無限に愛そうとする意欲そのものには不在の他者性を求める緊張が漲《みなぎ》っていなければならない、他者の他者性は緊張として存在している……という旨だったかと思います。やがて同じことをエマニュエル・レヴィナスが「形而上学的欲望」と呼んでいたことを知るのですが、これはまた別の話です。

こうして、いまは大学とはひどく縁の遠い在野で有島研究をしています。BOOK OFF にしろ、AO入試にしろ、在野にしろ、私にとって有島研究とはチープな異端性を、孤高ゆえの異端ではなく、安っぽくて俗っぽいためにみくびられて捨て置かれてしまった異端性を表しています。ストイックで貴族主義的な有島に、このようなかたちで接近すること自体が邪道にほかならないわけですが、この本ではその道を切り捨てませんでした。私自身が歩き慣れた、というよりも慣れてしまった道のりですし、なにより、踏みならされた王道の歩きやすさが入門の親切にふさわしいとは必ずしもいえないように思えたからです。

ウェブで勝手に発表していたものをふくめ、いくつかの論文を基礎に新たに構想された本書はテストをパスできるような知性で書かれてません。そして私はそのことを恥ずかしいと思っていない、というよりも、むしろ誇らしいとさえ感じている始末です。試験官を筆頭に、誰か偉い人を満足させるために本なんか読まない、そんな読者に本書が届けば我が生来の不真面目さも多少は救われるというものでしょうか。いうまでもなく、その「偉い人」のなかには著者である私自身もふくまれましょう。御批正を乞います。

新書という性格上、参考文献をいちいち註で指示することは避けましたが、本書は既存の厖《ぼう》大《だい》な有島研究に多くを負っています。参照したものは一覧に挙げたので、気になったものがあれば、ぜひお読みください。私とおないどしの有島武郎研究会には、口頭発表や論文執筆の機会など有形無形のご助力をいただきました。編集は中山永基さんに、校正協力として西山保長さんに、お世話になりました。深く感謝いたします。

二〇二〇年八月一二日

荒木優太

参考文献

序

有島武郎「美術鑑賞の方法に就て」、『太陽』、一九二〇・一、『有島武郎全集』第八巻収、筑摩書房、一九八〇・一〇、五六頁、五九頁。＊有島からの引用はすべてこの全集を用いた、以降は略記的に表記する。

有島武郎「美術鑑賞の方法について再び」、『雄弁』、一九二〇・四、『全集』第八巻収、八三頁。

多木浩二『ベンヤミン「複製技術時代の芸術作品」精読』、岩波現代文庫、二〇〇〇・六。＊ベンヤミンの本文が全文付されていて便宜。

アンドラ、ポール『異質の世界――有島武郎論』、荒このみ＋植松みどり訳、冬樹社、一九八二・一、一九頁。＊アレゴリー化された地理的構造に有島作品の特筆性を読む。

第一章

有島武郎「私の父と母」、『中央公論』、一九一八・二、『全集』第七巻収、一八六〜一八八頁。

有島武郎「〔原年譜〕」、『新潮』、一九一八・三、『全集』第一五巻収、三八頁。

有島武郎「第四版序言」、有島＋森本厚吉『リビングストン伝』、警醒社書店収、一九一九・六、『全集』第七巻収、三六三頁、三六四頁。

有島武郎「鎌倉幕府初代の農政」、一九〇一・六、『全集』第一巻収、二二六頁、二七七頁。

有島武郎「観想録」、『全集』第一〇巻収、二二四頁、四八九頁。＊読みやすさのために引用にさいしてカタカナの表記を平仮名に直した。

ヘーゲル、G・W・F『歴史哲学講義』全二巻、長谷川宏訳、岩波文庫、一九九四・八。

ロック、ジョン『市民政府論』、鵜飼信成訳、岩波文庫、一九六八・一一、三七頁。

夏目漱石『それから』、春陽堂、一九一〇・一、一七二頁。

パスカル、ブレーズ『パンセ』上巻、二九五番、津田穣訳、新潮文庫、一九五二・一、一九六頁。

プルードン、ピエール＝ジョゼフ『貧困の哲学』下巻、斉藤悦則訳、平凡社ライブラリー、二〇一四・一一、二七七頁。

内田満「「有島三兄弟」の父武のこと」、『神戸山手大学紀要』、二〇〇〇。

尾西康充『小林多喜二の思想と文学——貧困・格差・ファシズムの時代に生きて』、大月書店、二〇一三・九、二一五頁。

江種満子「有島武郎の評論・研究など(一)——「鎌倉幕府初代の農政」について」、『日本文学研究資料叢書 有島武郎』収、有精堂、一九八六・三。

西田正規『人類史のなかの定住革命』、講談社学術文庫、二〇〇七・三、六七頁。

第二章

有島武郎「日本文明の発展――神話時代から徳川幕府の滅亡まで」、小玉晃一訳、一九〇四・六、『全集』第一巻収、六一七頁、六一八頁、六二九頁、六三三頁、六三五頁、六三八頁、六四七頁。＊対応する原文の英文は同巻の六〇五頁、五八七頁、五八八頁、五八〇頁、五七八頁、五七四頁、五五八頁、訳を変更した箇所がある。

有島武郎＋森本厚吉『リビングストン伝』、警醒社書店、一九〇一・三、『全集』第一巻収、七六頁、一四三頁。

有島武郎『生れ出づる悩み』、『有島武郎著作集』第六輯、一九一八・九、『全集』第三巻収、四〇一頁、四六三頁、四六四頁。

有島武郎「クロ－ポトキン」、『新潮』、一九一六・七、『全集』第七巻収、一〇四頁。

有島武郎『迷路』、『有島武郎著作集』第五輯、一九一八・六、『全集』第三巻収、二〇八頁、二一二頁、二一四頁、二三四頁、二四七頁、二五一頁、二五二頁、二五四頁、二六八頁、二九一頁、三二六頁、三三七頁、三三一頁、三三六頁、三三七頁、三四一頁。

内村鑑三『求安録』、福音社、一八九三・八、一頁。

内村鑑三『地人論』、警醒社書店、一八九七・二、一頁、一四頁、二二頁、五五頁、二〇〇頁、二〇二頁。

ギヨー、アーノルド『地球と人間』、荒木訳、四頁、五頁、一二頁、二〇五頁、二三九頁、二八八頁、二九一頁、三〇六頁、三〇七頁、三〇九頁。＊翻訳にあたって底本としたのは初版の、Arnold Guyot, *The Earth and Man*, BOSTON: GOULD, KENDALL and LINCOLN, 1849。

クロポトキン、ピョートル『ある革命家の手記』上巻、高杉一郎訳、岩波文庫、一九七九・一、一二四頁、二七二頁。

クロポトキン、ピョートル『田園・工場・仕事場』、『クロポトキン』第二巻収、長谷川進＋磯谷武郎訳、三一書房、一九七〇・一一、二六八頁。

荒木優太「失敗した地理学的アナキスト――有島武郎とアーノルド・ギヨー」、『有島武郎研究』、二〇二〇・五。

高山亮二『有島武郎の思想と文学――クロポトキンを中心に』、明治書院、一九九三・四、一三九頁。＊内村鑑三『地人論』との類似点と相違点はもちろん、有島におけるクロポトキンの影響力を知りたければまずはこれを。

川上美那子『有島武郎と同時代文学』、審美社、一九九三・一二、一四九頁。＊金子喜一に関してはこれ。

辻田右左男「地人論の系譜――A. Guyot と内村鑑三」、『奈良大学紀要』、一九七七・一二。＊内村鑑三とギヨーの地理学の類似と相違を手際よく比較。

渡辺光『地理学概論』、朝倉書店、一九七七・五、一五〇～一五二頁。＊『地球と人間』冒頭部が抄訳されており同書の大略を摑むには便宜。

栗田廣美「有島武郎『叛逆者』と〈中世への共感〉――クロポトキン・大逆事件に関連しつつ」、『日本文学』、一九八五・七。

ジョルダン、ベルトラン『人種は存在しない――人種問題と遺伝学』、林昌宏訳、中央公論新社、二〇一三・三、一八八頁。

小田実「下手クソで、ゆたかな小説――有島武郎「迷路」」、『文芸』、一九七八・二。＊先進国と後進国の対立を読み込む先駆的論考。

尾西康充『『或る女』とアメリカ体験——有島武郎の理想と叛逆』、岩波書店、二〇一二・二、五〇頁。

眞嶋亜有『「肌色」の憂鬱——近代日本の人種体験』、中央公論新社、二〇一四・七、一一六頁。

ゴルヴィツァー、ハインツ『黄禍論とは何か——その不安の正体』、瀬野文教訳、中公文庫、二〇一〇・五、一〇一頁、一一八頁。

松村正義『日露戦争と金子堅太郎　増補改訂版』、新有堂、一九八七・一〇、二〇〇頁。

山田俊治「有島武郎の歴史認識——初期言説にみる変容」、『有島武郎研究叢書』第五集収、右文書院、一九九五・五。

橋川文三『黄禍物語』、岩波現代文庫、二〇〇〇・八、四六頁。

第三章

有島武郎「二つの道」、『白樺』、一九一〇・五、『全集』第七巻収、五頁。

有島武郎「も一度「二の道」に就て」、『白樺』、一九一〇・八、『全集』第七巻収、一二頁、一五頁、一九頁。

有島武郎「第四版序言」、前掲、『全集』第七巻収、三七三頁。

有島武郎「泡鳴氏への返事」、『白樺』、一九一一・二、『全集』第七巻収、三五頁。

有島武郎『平凡人の手紙』、『新潮』、一九一七・七、『全集』第三巻収、七二頁。

有島武郎「惜しみなく愛は奪ふ」、『新潮』、一九一七・六、『全集』第七巻収、一四一頁。

有島武郎「芸術を生む胎」、『新潮』、一九一七・一〇、『全集』第七巻収、一六〇頁、一六四頁、一六六頁。

有島武郎「芸術製作の解放」、『新公論』、一九一八・八、『全集』第七巻収、二二二頁。

有島武郎「岩野泡鳴氏に」、『国民新聞』、一九一七・一二・二六、『全集』第七巻収、一七九頁。

有島武郎『動かぬ時計』、『中央公論』、一九一八・一、『全集』第三巻収、三七四頁、三七五頁。

有島武郎、足助素一宛書簡、一九一六・一〇・二二、『全集』第一三巻収、四四六頁。

岩野泡鳴「断片語」、『早稲田文学』、一九一〇・一一、『岩野泡鳴全集』第一二巻収、臨川書店、一九九六・一〇、一七九頁、一八〇頁。

岩野泡鳴「有島武郎氏の愛と芸術論」、『国民新聞』、一九一七・一一・二二、『岩野泡鳴全集』第一三巻収、臨川書店、四四三〜四四五頁。

岩野泡鳴「宣言」、『新日本主義』、一九一六・一、『岩野泡鳴全集』第一三巻収、臨川書店、二八五頁。

岩野泡鳴「伝統と僕等の日本主義」、『日本主義』、一九一七・一二、『岩野泡鳴全集』第一三巻収、臨川書店、四二四頁。

岩野泡鳴『筧博士の古神道大義』、敬文館、一九一五・一、『岩野泡鳴全集』第九巻収、臨川書店、四四〇頁、四四八頁。

芥川龍之介「あの頃の自分の事」、『中央公論』、一九一九・一、『芥川龍之介全集』第四巻収、岩波書店、一九九六・二、一二七頁。

山田俊治『有島武郎――〈作家〉の生成』、小沢書店、一九九八・九、三一八頁。＊岩野泡鳴との論争に関して詳しい。

瀧井一博『ドイツ国家学と明治国制——シュタイン国家学の軌跡』、ミネルヴァ書房、一九九九・一〇、二一九頁。

平野武『明治憲法制定とその周辺』、晃洋書房、二〇〇四・二、二五六頁。

第四章

有島武郎「観想録」、小玉晃一訳、一九〇八・七・二九、『全集』第一二巻収、四三四頁。＊対応する原文は同巻の一六頁。

有島武郎『かん〳〵虫』、『白樺』、一九一〇・一〇、『全集』第二巻収、四七頁、四八頁、五四頁、五八頁、六〇頁。

有島武郎「かん〳〵虫」(草稿版)、一九〇七・六、『全集』第一巻収、三六三頁。

有島武郎「宣言一つ」、『改造』、一九二二・一、『全集』第九巻収、九頁。

有島武郎『カインの末裔』、『新小説』、一九一七・七、『全集』第三巻収、八七頁、九二頁、九三頁、九八頁、一〇一～一〇三頁、一〇八～一一二頁、一二三頁、一二八頁。

有島武郎『老船長の幻覚』、『白樺』、一九一〇・七、『全集』第二巻収、三五頁、三七頁、四〇頁、四三頁。

有島武郎『或る女』後編、『有島武郎著作集』第九輯、一九一九・六、『全集』第四巻収、三〇〇頁。

有島武郎「日本文明の発展」、前掲、『全集』第一巻収、六二一頁。＊対応する原文は同巻の五九九頁、六〇〇頁。

有島武郎『潮霧』、『時事新報』、一九一六・八、『全集』第二巻収、四八一頁、四八二頁、四八四頁、四八五頁。

有島武郎「想片」、『新潮』、一九二二・五、『全集』第九巻収、四七頁。

有島武郎「ミレー礼讃」、『新小説』、一九一七・三、『全集』第七巻収、一三四頁。

クロポトキン、ピョートル『麺麭の略取』、幸徳秋水訳、岩波文庫、一九六〇・四、二〇三頁。

谷崎潤一郎『痴人の愛』、改造社、一九二五・七、二〇二頁。

小林多喜二『ある役割』、『校友会々誌』、一九二四・三、『小林多喜二全集』第一巻収、新日本出版社、一九八二・七、六〇頁。

福永武彦『風土』、新潮社、一九五二・六、一七七頁。

北海道廳『亜麻栽培之心得』、北海道殖民部、一八九八・五、一二頁。

マルクス、カール『資本論』、『マルクス全集』第一巻第一冊、高畠素之訳、大鐙閣、一九二〇・六、二九頁。

浜本隆志＋柏木治＋森貴史『ヨーロッパ人相学——顔が語る西洋文化史』、白水社、二〇〇八・七、一七頁。

山内彰「遊歩者としてのホイットマン」、『アメリカ研究』、一九九七・三。＊顔を通してその人の内面を知ることができるとするホイットマンの思想に当時の骨相学的影響があると指摘。

内田真木「『かんかん虫』論——定稿成立まで」、『有島武郎研究叢書』第一集収、右文書院、一九九五・五。

秋山清『ニヒルとテロル』、平凡社ライブラリー、二〇一四・三、一八六頁。＊晩年に顕著なアナーキスト・有島を見出している。

中村三春『新編　言葉の意志——有島武郎と芸術史的転回』、ひつじ書房、二〇一一・二、四四六頁。＊後期作への慧眼ほか未来派・表現主義的作風への転回など、難解だがいまなお挑む価値ある有島論。

山本芳明『カネと文学――日本近代文学の経済史』、新潮社、二〇一三・三、一一四頁。＊はからずも人気作家になってしまった有島をあくまで経済の視点から読む。

前田角蔵「農場という空間――「カインの末裔」論」、『近代文学研究』、一九九七・一二。＊先行論紹介の手際や独自性など頭一つぬけた論考。

岡山浩子「有島武郎『カインの末裔』論」、『愛媛国文研究』、一九九六・一二。＊亜麻の生態に言及している。

石丸晶子『有島武郎――作家作品研究』、明治書院、二〇〇三・四、六頁。＊仁右衛門を非定住型生活者とくくる、また有島のニーチェ受容に関してはこれを。

菅谷敏雄「有島武郎の陸と海――海を中心として」、『有島武郎研究叢書』第一〇集収、右文書院、一九九六・七。

第五章

有島武郎『或る女』前編、『有島武郎著作集』第八輯、一九一九・三、『全集』第四巻収、一一頁、一二頁、一六頁、五七頁、六九頁、七〇頁、八八頁、一〇二頁、一二九頁、一六二頁、一六三頁。

有島武郎『或る女』後編、前掲、『全集』第四巻収、一九七頁、一九八頁、二〇二頁、二九四頁、二九七頁、三四〇頁、三四一頁、三四五頁、三六〇頁。

有島武郎『石にひしがれた雑草』、『太陽』、一九一八・四、『全集』第三巻収、四七四頁、四八一頁、四九三～四九四頁、五一二頁。

有島武郎「イブセンの仕事振り」、『新潮』、一九二〇・七、『全集』第八巻収、二二三頁、二二四頁。

与謝野晶子「平塚、山川、山田三女史に答ふ」、『太陽』、一九一八・一一、『資料　母性保護論争』収、香内信子編、ドメス出版、一九八四・一〇、一八一頁。

平塚らいてう「「死と其前後」を見て」、『雄弁』、一九一八・一二、『資料　母性保護論争』収、前掲、二〇四頁。

宮本百合子「「或る女」についてのノート」、『文芸』、一九三六・一〇、『宮本百合子全集』第一二巻収、新日本出版社、二〇〇一・八、三四二頁。

イプセン、ヘンリック『海の夫人』、『イプセン戯曲選集——現代劇全作品』収、毛利三彌訳、東海大学出版会、一九九七・一一、四一三頁。

冥王まさ子『ある女のグリンプス』、河出書房新社、一九七九・一二、八二頁、八三頁、一七六頁。

阿部光子『『或る女』の生涯』、新潮社、一九八二・一二。＊佐々城信子の人生を知りたければこれを。

中島礼子「『或る女』における木部の形象化をめぐって——とくに、独歩の作品との視角から」、『有島武郎『或る女』を読む』収、青英舎、一九八〇・一〇。

大久保健治「反革命としての長篇小説——大正中期の文学場をめぐる考察」、『有島武郎研究』、二〇〇九・九。
＊純文学といえば短篇優勢であった評価メカニズムから『或る女』の不評を読む。

香内信子「「母性保護論争」の歴史的意義——「論争」から「運動」へのつながり」、『歴史評論』、一九六六・一一。

安川定男「有島武郎と与謝野晶子」、『有島武郎研究叢書』第六集収、右文書院、一九九五・五。

山田昭夫『有島武郎の世界』、北海道新聞社、一九七八・一一、二四八頁。＊『或る女』の木村のモデルである森広《ひろし》の半生を追いながらセントルイス万博に言及している。

楠元町子「セントルイス万国博覧会と日露戦争——異文化交流の視点から」、『異文化コミュニケーション研究』、愛知淑徳大学大学院、二〇〇三・二。

江種満子『有島武郎論』、桜楓社、一九八四・一〇、七頁。＊海の呼び声の場面の分析に関してよく参照される有島論。

福田準之輔「『或る女』後篇の構想（一）」、『日本文芸論集』、一九七七・三。

第六章

有島武郎『或る女』後編、前掲、『全集』第四巻収、三四五頁。

有島武郎『断橋』、『泉』、一九二三・三、『全集』第五巻収、四三二頁、四三五頁、四五二頁。

有島武郎「文芸と「問題」」、『新潮』、一九二〇・一、『全集』第八巻収、六五頁、六六頁、六七頁。

有島武郎『惜みなく愛は奪ふ』、『有島武郎著作集』第一一輯、一九二〇・六、『全集』第八巻収、一四二頁、一四三頁、一四六頁、一六〇頁、一六四頁、一六五頁、一六八頁、一六九頁、一七四頁、一九九頁。

有島武郎『生れ出づる悩み』、前掲、『全集』第三巻収、四四五頁。

有島武郎「文化の末路」、『泉』、一九二三・一、『全集』第九巻収、一五一頁。

有島武郎『旅する心』、『有島武郎著作集』第一二輯、一九二〇・一一、『全集』第六巻収、九頁。

有島武郎「美術鑑賞の方法に就て」、前掲、『全集』第八巻収、五五頁、五六頁、五八頁、五九頁。

有島武郎「「泉」を創刊するにあたつて」、『泉』、一九二三・一〇、『全集』第九巻収、八四頁。

有島武郎「叛逆者」、『白樺』、一九一〇・一一、『全集』第七巻収、二〇頁。

有島武郎「美術鑑賞の方法について再び」、前掲、『全集』第八巻収、八〇頁、八二頁、八三頁。

有島武郎「再び本間久雄氏に」、『早稲田文学』、一九二〇・六、『全集』第八巻収、一二二頁。

有島武郎「内部生活の現象」、一九一四・七、『小樽新聞』、『全集』第七巻収、八九頁。

有島武郎「宣言一つ」、『改造』、一九二二・一、『全集』第九巻収、九頁。

有島武郎「余が代議士であつたら」、『現代』、一九二二・四、『全集』第九巻収、一六六頁。

有島武郎「子供の世界」、『報知新聞』、一九二二・五、『全集』第九巻収、二二六頁。＊有島の子供論を論じるときよく参照される資料。

有島武郎「子供は如何に教養すべきか」、『婦人倶楽部』、一九二二・一、『全集』第九巻収、一八九頁。

国木田独歩『運命論者』、『山比子』、一九〇三・三、『定本国木田独歩全集』第三巻収、学習研究社、一九七八・三、一四五頁。

中村星湖「問題文芸の提起」、『読売新聞』、一九一五・一・一。

宮崎克己『西洋絵画の到来――日本人を魅了したモネ、ルノワール、セザンヌなど』、日本経済新聞出版社、二〇〇七・一一、二四九頁。＊白樺同人が林忠正の西洋絵画コレクションに感化された経緯ほか、大正期の西洋絵画の買取流行について考察。

匿名「美術館をつくる計画に就て」、『白樺』、一九一七・一〇。

匿名「ロダンの彫刻が来たことについて」、『白樺』、一九一一・二。

匿名「朝鮮民族美術館第一回寄附金報告」、『白樺』、一九二一・二。＊有島は「五〇円」を寄付している。

柳宗悦「「朝鮮民族美術館」の設立に就て」、『白樺』、一九二一・一。

本間久雄「芸術鑑賞の悦び」、『早稲田文学』、一九二〇・二。

本間久雄「文学と時代との関係」、『中央文学』、一九二〇・三。

本間久雄「有島武郎氏へ――再び芸術鑑賞の悦びについて」、『早稲田文学』、一九二〇・五。

本間久雄「最近の諸問題を報ずる書」、『早稲田文学』、一九二二・四。

福永武彦『愛の試み』、河出書房、一九五六・六、一七四頁。

三木清「個性の理解」、『哲学研究』、一九二〇・七。＊初出形は全集未収録、『人生論ノート』は全集第一巻に収録。

三木清「幼き者の為に」、『婦人公論』、一九四八・四、『三木清全集』第一九巻収、岩波書店、一九六八・五、一〇九頁。

十川信介「解説――一九一五(大正四)年の文学界」、『編年体大正文学全集』第四巻収、ゆまに書房、二〇〇一・一。

東珠樹『白樺派と近代美術』、東出版、一九八〇・七、一四頁。

阿部高裕「「愛」の思想と「宣言一つ」をつなぐもの――「宣言一つ」再考のために」、『国文学解釈と鑑賞』、二〇〇七・六。＊交雑を忌避する思考として有島を読むなかでメディアの問題にも触れている。

苅部直『歴史という皮膚』、岩波書店、二〇一一・三、一五頁。＊大正グローバリゼーションという視点を提供している。

蓮實重彦「「大正的」言説と批評」、『近代日本の批評』第三巻収、講談社文芸文庫、一九九八・一。＊有島の代表批判を大正時代への批判にまで発展して読んでいる。

三田憲子「有島武郎の女性問題評論」、『有島武郎研究叢書』第四集収、右文書院、一九九六・六。

杉淵洋一『有島武郎をめぐる物語――ヨーロッパに架けた虹』、青弓社、二〇二〇・三、一四二頁。＊谷川徹三のほか有島の意外な縁故を発掘している。

赤松常弘『三木清――哲学的思索の軌跡』、ミネルヴァ書房、一九九四・五、二六頁。＊三木個性論の背景に大正的文化主義を読んでいる。

荒木優太「不幸な而して同時に幸福な――有島武郎『小さき者へ』と三木清「幼き者の為に」」、『大正文学論叢』、二〇一六・二。

第七章

有島武郎「小作人への告別」、『泉』、一九二二・一〇、『全集』第九巻収、八七頁。

有島武郎『惜みなく愛は奪ふ』、前掲、『全集』第八巻収、一五七～一五九頁、一六六頁、一七〇頁、二〇〇頁。

有島武郎「美術鑑賞の方法について再び」、前掲、『全集』第八巻収、八三頁。

有島武郎「子供の素樸さ」、『新潮』、一九二三・七、『全集』第九巻収、二三三頁。

有島武郎『親子』、『泉』、一九二三・五、『全集』第五巻収、四八一頁、四八八～四九二頁、四九五頁、四九七頁、四九九～五〇三頁。

有島武郎「〈原年譜〉」、前掲、『全集』第一五巻収、三八頁。

有島武郎「日本文明の発展」、前掲、『全集』第一巻収、六五二頁。＊対応する原文は同巻の五五〇頁、五五一頁。

有島武郎「「泉」を創刊するにあたつて」、前掲、『全集』第九巻収、八四頁。

有島武郎「泉」、『私どもの主張』収、文化生活研究会、一九二一・五、『全集』第八巻収、六〇五～六〇七頁。

ベルクソン、アンリ『創造的進化』、合田正人＋松井久訳、ちくま学芸文庫、二〇一〇・九、二八頁、一七五頁。

ベルクソン、アンリ『意識に直接与えられたものについての試論』、合田正人＋平井靖史訳、ちくま学芸文庫、二〇〇二・六、一二二頁、一四一頁。

新渡戸稲造『武士道』、須知徳平訳、講談社インターナショナル、一九九八・六。＊対訳なので原文が確認できて便宜。

ハイデガー、マルティン「物」、『技術とは何だろうか』収、森一郎訳、講談社学術文庫、二〇一九・三、三一頁。

安川定男『有島武郎論〈増補版〉』、明治書院、一九七八・五、三三四頁。＊有島のベルクソン受容に関してはまずこれを。

中村三春『新編　言葉の意志』、前掲、三三〇頁、三三三頁。

佐々木靖章「有島武郎と大正期新興美術――発見者としての眼」、『伝統と変容――日本の文芸・言語・思想』収、ぺりかん社、二〇〇〇・六。

荒木優太「士族の相続――有島武郎『親子』と堕落するハビトゥス」、『有島武郎研究』、二〇一八・五。

園田英弘＋濱名篤＋廣田照幸『士族の歴史社会学的研究――武士の近代』、名古屋大学出版会、一九九五・二、一一頁、一七頁、八八頁。

ブルデュー、ピエール『ディスタンクシオン――社会的判断力批判』第一巻、石井洋二郎訳、藤原書店、一九九〇・四、二六三頁。

ライール、ベルナール『複数的人間――行為のさまざまな原動力』、鈴木智之訳、法政大学出版局、二〇一三・一〇、六八頁。＊ブルデューのハビトゥス概念を再考し新たに場の概念の重要性を訴えている。

宗像和重「「階級」と「ハビトゥス」――「宣言一つ」をめぐって」、『有島武郎研究叢書』第五集収、右文書院、一九九五・五。

終章

有島武郎『カインの末裔』、前掲、『全集』第三巻収、九五頁、一〇三頁、一〇六頁、一〇八頁、一一二頁、一一七頁。

有島武郎『小さき者へ』、『新潮』、一九一八・一、『全集』第三巻収、三六五頁。

有島武郎「農場開放顛末」、『帝国大学新聞』、一九二三・三、『全集』第九巻収、三七三頁。

有島武郎『惜みなく愛は奪ふ』、前掲、『全集』第八巻収、二一六頁。

有島武郎「小作人への告別」、前掲、『全集』第九巻収、八八頁。

有島武郎『お末の死』、『白樺』、一九一四・一、『全集』第二巻収、二五三頁。

有島武郎『石にひしがれた雑草』、前掲、『全集』第三巻収、四八三頁、五二八頁。

有島武郎『或る女』前編、前掲、『全集』第四巻収、五七頁。

有島武郎『或る女』後編、前掲、『全集』第四巻収、三〇一頁。

有島武郎『「死」を畏れぬ男』、『新時代』、一九一八・三、『全集』第三巻収、三八三頁、三八五頁、三八八頁、三九一〜三九六頁。

有島武郎「〔ポケット日記 一九一八年〕」、一九一八・八、『全集』第一二巻収、五八二頁、五八三頁。

有島武郎『運命の訴へ』、一九二〇・九、『全集』第五巻収、五四七頁、五四八頁。

有島武郎『或る施療患者』、『泉』、一九二三・二、『全集』第五巻収、四〇五頁、四〇六頁、四一一〜四一三頁、四二四頁、四二六頁。

橋浦泰雄『五塵録——民俗的自伝』、創樹社、一九八二・三、一八八頁。

橋浦泰雄『民俗学問答』、新評論社、一九五六・四、八二頁。

足助素一「淋しい事実」、『泉』、一九二三・八、『有島全集』別巻収、七〇二頁。

杉田俊介『無能力批評——労働と生存のエチカ』、大月書店、二〇〇八・五、五二頁。＊受動＝他力の開かれを『小さき者へ』に読んでいる。

鶴見太郎『橋浦泰雄伝——柳田学の大いなる伴走者』、晶文社、二〇〇〇・一、三六頁。＊橋浦の人生についてはこれを。

野室紗恵「有島武郎「惜みなく愛は奪ふ」論――橋浦泰雄という転換点」、『清泉語文』、二〇一八・三。

高山亮二『新訂　有島武郎研究――農場解放の理想と現実』、明治書院、一九八四・四、三一〇頁、三二五頁。
＊共生農団の詳しい研究についてはこれを。
金城ふみ子「経済学者・早川三代治が小説『処女地』で描いた北海道虹別開墾村民の生活――世界大恐慌の年に始まった凶作続きの村の「敗者」の物語」、『東京国際大学論叢』、二〇一六・三。＊有島と早川の関係について詳しい。

松雲道人『大正七年米価の大勢』、三省堂、一九一七・一二、二九頁。

井上清＋渡部徹『米騒動の研究』第一巻、有斐閣、一九五九・二、二三頁。

大豆生田稔『近代日本の食糧政策――対外依存米穀供給構造の変容』、ミネルヴァ書房、一九九三・一二、六八頁、三二八頁。

野尻抱影「アテチョコ開花」、『暮しの手帖』、一九五五・七、一九四頁。
※有島武郎の伝記的な流れについては、安川定男『悲劇の知識人　有島武郎』（新典社、一九八三・一）、上杉省和『有島武郎――人とその小説世界』（明治書院、一九八五・四）、江種満子「人と文学・有島武郎」（『有島武郎事典』収、勉誠出版、二〇一〇・一二）を適宜参照した。

略歴と作品索引

（カッコ内は本書の頁数．
年をまたぐつづきものの場合は完成年に置いた）

明治 11（1878）	父・武と母・幸子の長男として東京小石川にて誕生．
明治 17（1884）	横浜英和学校に入学．
明治 20（1887）	学習院予備科に入学．
明治 29（1896）	札幌農学校予科に入学．
明治 30（1897）	内村鑑三と知り合う．
明治 34（1901）	23 歳．札幌独立基督教会にて洗礼を受ける．札幌農学校を卒業．一年志願兵として入営． 『リビングストン伝』(23, 32, 38, 39, 75, 251, 253) 「鎌倉幕府初代の農政」(26–28, 252)
明治 36（1903）	アメリカへ留学．
明治 37（1904）	ハヴァフォード大学大学院にて文学修士の学位を得たのち各国を遊学． 「日本文明の発展」(36, 64, 217, 253, 257, 265)
明治 40（1907）	ロンドンでクロポトキンと出会ったのち帰国．慕っていた河野信子との悲恋に傷つく．
明治 41（1908）	30 歳．旧札幌農学校である東北帝国大学農科大学に英語講師として赴任．
明治 42（1909）	神尾安子と婚姻．
明治 43（1910）	32 歳．『白樺』に参加．信仰を棄てる． 「二つの道」(73, 79, 111, 148, 255) 『老船長の幻覚』(106, 108, 123, 137, 231, 257)

	139, 142, 144–146, 156, 157, 169, 189, 198, 230, 232, 255, 257, 259–261, 267)
大正 9 (1920)	本間久雄と芸術鑑賞について論争．落潮期に入る． 「美術鑑賞の方法に就て」(3, 4, 171, 172, 251, 261) 「文芸と「問題」」(159, 160, 166, 261) 「美術鑑賞の方法について再び」(9, 177, 180, 186, 251, 262, 264) 『惜みなく愛は奪ふ』(18, 163, 164, 166, 168, 170, 184, 185, 187, 188, 190, 198, 201, 206, 228, 247, 248, 261, 264, 266, 268) 「再び本間久雄氏に」(182, 262) 「イブセンの仕事振り」(150, 259) 『一房の葡萄』(22, 198) 『運命の訴へ』(133, 198, 238, 267) 『卑怯者』(198) 『旅する心』(170, 261)
大正 10 (1921)	「泉」(221, 222, 265)
大正 11 (1922)	父の遺産である農場を放棄して小作人たちに無償譲渡する．個人雑誌を創刊． 「宣言一つ」(102, 187, 188, 189, 218, 220, 257, 262, 263, 266) 「子供は如何に教養すべきか」(262) 「農場開放顛末」(228, 266) 「余が代議士であつたら」(188, 262) 『星座』(32, 51, 115, 133, 198) 「想片」(125, 258) 「子供の世界」(262) 「子供の素樸さ」(264) 「「泉」を創刊するにあたつて」(262, 265) 「小作人への告別」(199, 200, 229, 264, 266)
大正 12 (1923)	45 歳．記者・波多野秋子と情死する． 『酒狂』(105) 「文化の末路」(167, 261) 『或る施療患者』(105, 239–241, 267) 『断橋』(132, 156–158, 168, 169, 172, 221, 261) 「永遠の叛逆」(53) 『骨』(105)

荒木優太

1987年東京生まれ．在野研究者．専門は有島武郎．明治大学大学院文学研究科日本文学専攻博士前期課程修了．2015年に「反偶然の共生空間——愛と正義のジョン・ロールズ」で第59回群像新人評論賞優秀作受賞．著書に『これからのエリック・ホッファーのために——在野研究者の生と心得』(東京書籍)，『貧しい出版者——政治と文学と紙の屑』(フィルムアート社)，『仮説的偶然文学論——〈触れ-合うこと〉の主題系』(月曜社)，『無責任の新体系——きみはウーティスと言わねばならない』(晶文社)．編著に『在野研究ビギナーズ——勝手にはじめる研究生活』(明石書店)．

有島武郎——地人論の最果てへ　岩波新書(新赤版)1849

2020年9月18日　第1刷発行

著　者　荒木優太《あらきゆうた》

発行者　岡本　厚

発行所　株式会社　岩波書店
〒101-8002 東京都千代田区一ツ橋2-5-5
案内 03-5210-4000　営業部 03-5210-4111
https://www.iwanami.co.jp/

新書編集部 03-5210-4054
https://www.iwanami.co.jp/sin/

印刷・理想社　カバー・半七印刷　製本・中永製本

ISBN 978-4-00-431849-1　Printed in Japan

岩波新書新赤版一〇〇〇点に際して

ひとつの時代が終わったと言われて久しい。だが、その先にいかなる時代を展望するのか、私たちはその輪郭すら描きえていない。二〇世紀から持ち越した課題の多くは、未だ解決の緒を見つけることのできないままであり、二一世紀が新たに招きよせた問題も少なくない。グローバル資本主義の浸透、憎悪の連鎖、暴力の応酬——世界は混沌として深い不安の只中にある。

現代社会においては変化が常態となり、速さと新しさに絶対的な価値が与えられた。消費社会の深化と情報技術の革命は、種々の境界を無くし、人々の生活やコミュニケーションの様式を根底から変容させてきた。ライフスタイルは多様化し、一面では個人の生き方をそれぞれが選びとる時代が始まっている。同時に、新たな格差が生まれ、様々な次元での亀裂や分断が深まっている。社会や歴史に対する意識が揺らぎ、普遍的な理念に対する根本的な懐疑や、現実を変えることへの無力感がひそかに根を張りつつある。そして生きることに誰もが困難を覚える時代が到来している。

しかし、日常生活のそれぞれの場で、自由と民主主義を獲得し実践することを通じて、私たち自身がそうした閉塞を乗り超え、希望の時代の幕開けを告げてゆくことは不可能ではあるまい。そのために、いま求められていること——それは、個と個の間で開かれた対話を積み重ねながら、人間らしく生きることの条件について一人ひとりが粘り強く思考することではないか。その営みの糧となるものが、教養に外ならないと私たちは考える。歴史とは何か、よく生きるとはいかなることか、世界そして人間はどこへ向かうべきなのか——こうした根源的な問いとの格闘が、文化と知の厚みを作り出し、個人と社会を支える基盤としての教養となった。まさにそのような教養への道案内こそ、岩波新書が創刊以来、追求してきたことである。

岩波新書は、日中戦争下の一九三八年一一月に赤版として創刊された。創刊の辞は、道義の精神に則らない日本の行動を憂慮し、批判的精神と良心的行動の欠如を戒めつつ、現代人の現代的教養を刊行の目的とする、と謳っている。以後、青版、黄版、新赤版と装いを改めながら、合計二五〇〇点余りを世に問うてきた。そして、いままた新赤版が一〇〇〇点を迎えたのを機に、人間の理性と良心への信頼を再確認し、それに裏打ちされた文化を培っていく決意を込めて、新しい装丁のもとに再出発したいと思う。一冊一冊から吹き出す新風が一人でも多くの読者の許に届くこと、そして希望ある時代への想像力を豊かにかき立てることを切に願う。

（二〇〇六年四月）

岩波新書より

中世日本の予言書	小峯和明
沖縄現代史〔新版〕	新崎盛暉
刀狩り	藤木久志
戦後史	中村政則
明治デモクラシー	坂野潤治
環境考古学への招待	松井章
源義経	五味文彦
日本人の歴史意識	阿部謹也
明治維新と西洋文明	田中彰
奈良の寺	奈良文化財研究所編
西園寺公望	岩井忠熊
日本の軍隊	吉田裕
聖徳太子	吉村武彦
東西/南北考	赤坂憲雄
江戸の見世物	川添裕
王陵の考古学	都出比呂志
日本文化の歴史	尾藤正英
日本の神々	谷川健一
南京事件	笠原十九司
日本社会の歴史 上・中・下	網野善彦
絵地図の世界像	応地利明
江戸の訴訟	高橋敏
神仏習合	義江彰夫
謎解き 洛中洛外図	黒田日出男
従軍慰安婦	吉見義明
中世に生きる女たち	脇田晴子
考古学の散歩道	田中琢 佐原真
武家と天皇	今谷明
中世倭人伝	村井章介
琉球王国	高良倉吉
昭和天皇の終戦史	吉田裕
幻の声 NHK広島8月6日	白井久夫
西郷隆盛	猪飼隆明
平泉 よみがえる中世都市	斉藤利男
象徴天皇制への道	中村政則
正倉院	東野治之
軍国美談と教科書	中内敏夫
日中アヘン戦争	江口圭一
青鞜の時代	堀場清子
子どもたちの太平洋戦争	山中恒
江戸名物評判記案内	中野三敏
国防婦人会	藤井忠俊
インパール作戦従軍記	丸山静雄
徳政令	笠松宏至
日本文化史〔第二版〕	家永三郎
自由民権	色川大吉
寺社勢力	黒田俊雄
神々の明治維新	安丸良夫
茶の文化史	村井康彦
戒厳令	大江志乃夫
漂海民	羽原又吉
真珠湾・リスボン・東京	森島守人
陰謀・暗殺・軍刀	森島守人
東京大空襲	早乙女勝元
兵役を拒否した日本人	稲垣真美
平家物語	石母田正
演歌の明治大正史	添田知道

岩波新書より

天保の義民　松好貞夫
太平洋海戦史〔改訂版〕　高木惣吉
昭和史〔新版〕　遠山茂樹・今井清一・藤原彰
近衛文麿　岡義武
管野すが　絲屋寿雄
山県有朋　岡義武
明治維新の舞台裏〔第二版〕　石井孝
革命思想の先駆者　家永三郎
福沢諭吉　小泉信三
吉田松陰　奈良本辰也
「おかげまいり」と「ええじゃないか」　藤谷俊雄
犯科帳　森永種夫
大岡越前守忠相　大石慎三郎
江戸時代　北島正元
大坂城　岡本良一
豊臣秀吉　鈴木良一
織田信長　鈴木良一
歌舞伎以前　林屋辰三郎

京都　林屋辰三郎
日本の歴史 中　井上清
天皇の祭祀　村上重良
沖縄のこころ　大田昌秀
ひとり暮しの戦後史　塩沢美代子・島田とみ子
伝説　柳田国男
岩波新書で「戦後」をよむ　小森陽一・成田龍一・本田由紀
岩波新書の歴史 付・総目録 1938-2006　鹿野政直

シリーズ日本近世史

戦国乱世から太平の世へ　藤井讓治
村 百姓たちの近世　水本邦彦
天下泰平の時代　高埜利彦
都市 江戸に生きる　吉田伸之
幕末から維新へ　藤田覚

シリーズ日本古代史

農耕社会の成立　石川日出志
ヤマト王権　吉村武彦
飛鳥の都　吉川真司
平城京の時代　坂上康俊
平安京遷都　川尻秋生
摂関政治　古瀬奈津子

シリーズ日本近現代史

幕末・維新　井上勝生
民権と憲法　牧原憲夫
日清・日露戦争　原田敬一
大正デモクラシー　成田龍一
満州事変から日中戦争へ　加藤陽子
アジア・太平洋戦争　吉田裕
占領と改革　雨宮昭一
高度成長　武田晴人
ポスト戦後社会　吉見俊哉
日本の近現代史をどう見るか　岩波新書編集部編

シリーズ日本中世史

中世社会のはじまり　五味文彦
鎌倉幕府と朝廷　近藤成一

文学

武蔵野をよむ　赤坂憲雄
原民喜 死と愛と孤独の肖像　梯久美子
中原中也 沈黙の音楽　佐々木幹郎
戦争をよむ 70冊の小説案内　中川成美
夏目漱石と西田幾多郎　小林敏明
正岡子規 人生のことば　復本一郎
『レ・ミゼラブル』の世界　西永良成
北原白秋 言葉の魔術師　今野真二
文庫解説ワンダーランド　斎藤美奈子
俳句世がたり　小沢信男
漱石のこころ　赤木昭夫
夏目漱石　十川信介
村上春樹は、むずかしい　加藤典洋
「私」をつくる 近代小説の試み　安藤宏
現代秀歌　永田和宏

言葉と歩く日記　多和田葉子
近代秀歌　永田和宏
杜甫　川合康三
古典力　齋藤孝
食べるギリシア人　丹下和彦
和本のすすめ　中野三敏
老いの歌　小高賢
ラテンアメリカ十大小説　木村榮一
王朝文学の楽しみ　尾崎左永子
正岡子規 言葉と生きる　坪内稔典
文学フシギ帖　池内紀
ヴァレリー　清水徹
白楽天　川合康三
ぼくらの言葉塾　ねじめ正一
季語の誕生　宮坂静生
和歌とは何か　渡部泰明
小林多喜二　ノーマ・フィールド
いくさ物語の世界　日下力
漱石 母に愛されなかった子　三浦雅士

中国の五大小説 上 三国志演義・西遊記　井波律子
中国の五大小説 下 水滸伝・金瓶梅・紅楼夢　井波律子
中国名文選　興膳宏
小説の読み書き　佐藤正午
森鷗外 文化の翻訳者　長島要一
英語でよむ万葉集　リービ英雄
源氏物語の世界　日向一雅
花のある暮らし　栗田勇
読書力　齋藤孝
一億三千万人のための小説教室　高橋源一郎
ダルタニャンの生涯　佐藤賢一
花を旅する　栗田勇
一葉の四季　森まゆみ
西遊記　中野美代子
中国文章家列伝　井波律子
翻訳はいかにすべきか　柳瀬尚紀
太宰治　細谷博
隅田川の文学　久保田淳

岩波新書より

岩波新書より

随筆

声優 声の職人	森川智之
作家的覚書	高村薫
落語と歩く	田中敦
日本の一文30選	中村明
ナグネ 中国朝鮮族の友と日本	最相葉月
子どもと本	松岡享子
医学探偵の歴史事件簿 ファイル2	小長谷正明
里の時間	芥川仁 阿部直美
閉じる幸せ	残間里江子
女の一生	伊藤比呂美
仕事道楽 新版 スタジオジブリの現場	鈴木敏夫
医学探偵の歴史事件簿	小長谷正明
もっと面白い本	成毛眞
99歳一日一言	むのたけじ
土と生きる 循環農場から	小泉英政
なつかしい時間	長田弘
面白い本	成毛眞
百年の手紙	梯久美子
本へのとびら	宮崎駿
思い出袋	鶴見俊輔
活字たんけん隊	椎名誠
道楽三昧	小沢昭一 神崎宣武 聞き手
ブータンに魅せられて	今枝由郎
文章のみがき方	辰濃和男
悪あがきのすすめ	辛淑玉
水の道具誌	山口昌伴
スローライフ	筑紫哲也
怒りの方法	辛淑玉
伝言	永六輔
活字の海に寝ころんで	椎名誠
四国遍路	辰濃和男
嫁と姑	永六輔
親と子	永六輔
老人読書日記	新藤兼人
夫と妻	永六輔
商(あきんど)人	永六輔
活字博物誌	椎名誠
芸人	永六輔
現代人の作法	中野孝次
職人	永六輔
二度目の大往生	永六輔
あいまいな日本の私	大江健三郎
大往生	永六輔
文章の書き方	辰濃和男
白球礼讃 ベースボールよ永遠に	平出隆
ラグビー 荒ぶる魂	大西鉄之祐
活字のサーカス	椎名誠
新つけもの考	前田安彦
プロ野球審判の眼	島秀之助
マンボウ雑学記	北杜夫
東西書肆街考	脇村義太郎
アメリカ遊学記	都留重人
ヒマラヤ登攀史〔第二版〕	深田久弥

岩波新書より

続 羊の歌 わが回想	加藤周一
羊の歌 わが回想	加藤周一
知的生産の技術	梅棹忠夫
論文の書き方	清水幾太郎
本の中の世界	湯川秀樹
私の読書法	大内兵衛 茅誠司 他
一日一言 人類の知恵	桑原武夫編
モゴール族探検記	梅棹忠夫
インドで考えたこと	堀田善衞
ヒロシマ・ノート	大江健三郎
追われゆく坑夫たち	上野英信
抵抗の文学	加藤周一